오늘도 내 기분 망쳐놓은
그 녀석, 지금
파르페나
먹고 있을 거야

多分そいつ、今ごろパフェとか食ってるよ。

오늘도 내 기분 망쳐놓은
그 녀석, 지금
파르페나
먹고 있을 거야

잼 글·그림
나코시 야스후미 감수
부윤아 옮김

살림

살다 보면 다양한 일을 겪는다

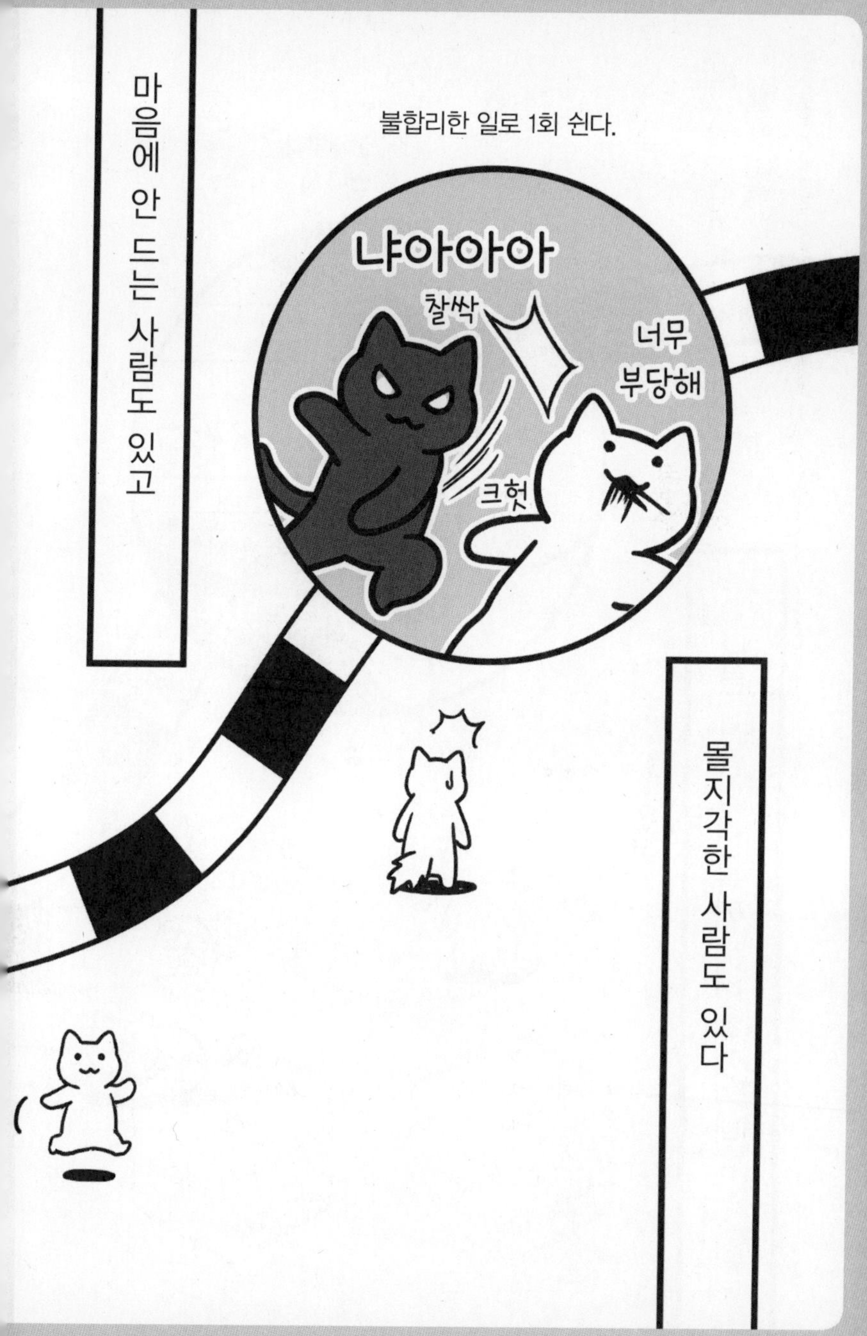
마음에 안 드는 사람도 있고
불합리한 일로 1회 쉰다.
냐아아아
찰싹
너무 부당해
크헛
몰지각한 사람도 있다

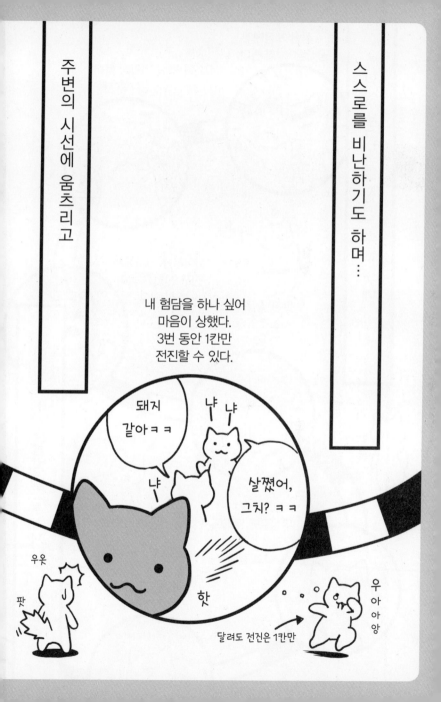

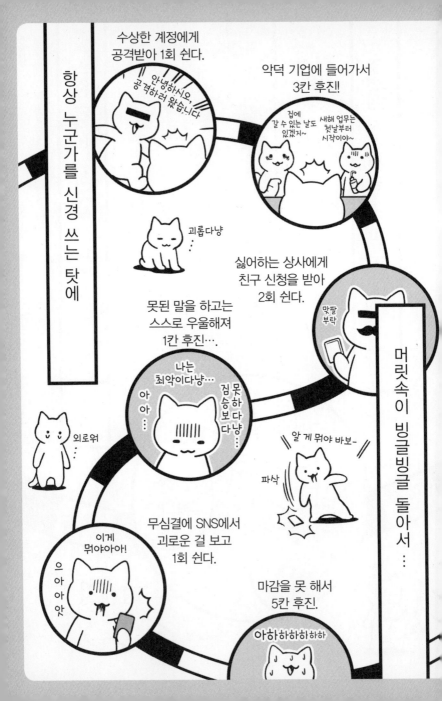

하지만 …

프롤로그

이런 말이 있습니다.

서투른 배우와 노련한 배우가 있듯이 인생도 마찬가지다.

인생을 능숙하고 현명하게 살아왔는지, 제게 묻는다면 아무리 생각해봐도 역시 삼류배우였습니다. 어째서 사는 게 이렇게 서투를까, 낙심한 적이 셀 수 없습니다. 저처럼 서투른 사람이 분명 많겠지요.

일과 관련된 사람들, 친구들, 연인, 가족….

SNS가 보급되면서 가까운 관계를 벗어난 고민이 늘지 않왔나요? 시간과 장소를 가리지 않는 SNS 때문에 사생활도 점점 사라지고, 아는 사이에서나 생기던 갈등이 모르는 사람과도 일어납니다. 누구와도 연결될 수 있는 지금, 우리의 상대는 세계입니다(웃음).

자기소개가 늦어졌습니다. 안녕하세요, 처음 뵙겠습니다. 잼Jam이라고 합니다. 프리랜서로 게임 그래픽 디자인을 하면서 만화나 일러스트를 그리고 있습니다.

저는 고민이 엄청나게 많은 사람이었습니다. 어떻게든 괴로운 고민에서 도망치고 싶어서 심리학이나 철학 책을 찾아 읽기도 하고, 스스로 해결해보려고 다양한 방법을 시도하기도 했습니다. 그래도 마음은 좀처럼 후련해지지 않았습니다.

그러던 어느 날, 아는 사람과 문제가 생겨 고민할 때였습니다. 그때 제 친구가 꺼낸 말이 "아마도 그 녀석 지금쯤 파르페나 먹고 있을 거야"였습니다. 여기서 이 책의 제목을 따왔죠.

나도 모르게 "파르페라고!" 한마디 쏘아붙이곤 웃어버렸습니다. 하지만 그 순간 여러 생각이 맴돌더니 머릿속에 한 줄기 빛이 비추더군요.

'그 인간은 파르페나 먹으며 즐거워하고 있을걸. 날 신경 쓰지 않을지도 몰라.'

'나만 고민하다니 바보 같군.'

'내가 고민한 만큼 상대방도 신경 쓰는 건 아니구나!'

그러자 무언가 마음속에서 쑥 빠져나가더니 모든 게 이해되었습니다. 고민도 그만뒀습니다(웃음). 전문서를 읽어도 감이 잡히지 않던 상황도 '이런 얘기였구나!' 하고 이해가 갔습니다.

가까운 동료들이 읽어주면 좋겠다는 생각이 들어 만화로 그리기 시작했습니다. 제 주변에도 마음이 지쳐 있는 사람이 많았거든요. 그래서 이렇게 해서 편해졌어, 라고 트위터에 올리면 읽는 사람이 있지 않을까 생각했습니다.

그런데 가까운 사람뿐만 아니라 많은 분들에게 호응을 받아 깜짝 놀란 기억이 여전히 선명합니다. 같은 고민을 하는 사람이 많다는 사실을 깨닫고 계속해서 만화를 그리게 되었고요.

이 책에 담은 '생각을 바꾸는 방법'은 부정적인 감정을 계속 끌고 가지 않도록 도와줄 겁니다. 저는 어떤 분야의 전문가도, 대단한 사람도 아닙니다. 그래서 이 분야를 전문적으로 공부한 사람이 쓸 만한 이론이나 어려운 내용은 별로 담지 못했습니다. 그저 마음 가볍게 읽어주셨으면 합니다.

이 책을 읽고 짜증스럽던 기분이 조금이라도 맑아진다면, 그래서 마음 지키기에 도움이 된다면 기쁘겠습니다.

차례

1 SNS 때문에 걱정이야

2 인간관계가 힘들어

3 회사가 문제야

4 나만 잘하면 되는 걸까

1

SNS 때문에 걱정이야

끄으응

SNS 반응에 일일이 대응하기 힘들어

SNS 댓글에 답을 달거나 맞팔을 하듯, 모든 반응에 반드시 응해야 한다면 마음이 지치지 않나요?

답해주는 사람에게 인정받는다고 느껴서, 반응을 원하는 사람만 더 모이게 됩니다.

정말 하고 싶을 때 답해도 괜찮습니다. 보내고 싶은 메시지를 보냈으니 그 사람의 목적은 이미 달성되었거든요. 반응을 원해서 팔로우하는 게 아닙니다. 자유롭게 보고 싶어서인 거죠. 모두 자신의 상황에 맞춰 SNS를 사용합니다. 그러니 SNS에서 건네는 답은 상황이 될 때 해도 괜찮습니다.

받은 것을 도로 갚는 의리와 인정을 저는 좋아합니다.

그렇기에 더욱 의무가 아닌 다정한 마음으로, 여유가 있을 때 진심을 담아 답한다면 어떨까요.

 무조건 답하지 않아도 괜찮아.

메시지를 읽고도
답이 없어서
우울해

요즘 SNS는 메시지를 확인하면 '읽음' 표시가 뜹니다. 상대가 읽었는지를 바로 알 수 있어서 편하죠. 그렇지만 읽었다는데도 답장이 오지 않으면, '나 같은 건 아무래도 좋은 모양이네'라는 생각이 들기도 합니다. 상대방도 같은 생각이겠지, 하는 짐작이 들어 불안해지고 짜증이 나고요. 언제라도 휴대폰을 볼 수 있는 환경에다 늘 성실하게 답하는 사람이라면 '나는 하는데 너는 그게 안 돼?'라고 생각할 수도 있겠죠.

최근 십여 년 사이에 우리가 사용하는 도구는 놀라울 정도로 진화했습니다. 하지만 도구가 아무리 편리해졌다고 해도 사용하는 건 인간입니다.

업무 환경 때문에 휴대폰을 자유롭게 볼 수 없는 사람도 있고, 글을 써 보내는 게 서툰 사람도 있습니다. 그러니 상대에게서 원하는 반응을 얻지 못할 때는, 기계가 아무리 발전해도 개인의 사정까지 진화하는 건 아니라고 생각합시다. 그럼 마음에 조금은 여유가 생길지도 모릅니다.

도구는 진화했지만
개인의 사정까지 진화하지는 않았다.

누가 내 험담을
하는 것 같은데

가까운 사람이 올린 의미심장한 글을 보고 '혹시 이거 내 이야기?' 하며 불안해한 적 있나요? 글을 올린 사람은 그럴 의도가 없었겠지만, 부정적인 글은 읽은 사람의 마음에 꽂힙니다. 이상하게도 그 글이 지목하는 상대와 관계없는 사람이 마음 쓰는 일이 생기기도 하고요.

SNS에 떠도는 글을 피할 수는 없습니다. 그럼, 이렇게 생각해보면 어떨까요?

거리를 거닐면 다양한 풍경이 눈에 들어옵니다. 하지만 쓰레기장이 보인다고 해서 쓰레기를 가져가는 사람은 없습니다. 아름다운 풍경이 있다면 그걸 마음에 담아가는 게 당연히 훨씬 더 즐겁습니다.

이처럼 SNS에서도 부정적인 말 대신 좋은 말을 많이 모아보면 어떨까요?

출처가 불분명한 쓰레기는
무리해서 가져가지 않는다.

이유도 모른 채
차단되거나
언팔당했어

SNS는 다른 사람들과 쉽게 연결되게도 하지만 쉽게 멀어지게도 만듭니다. 갑자기 차단당하거나 팔로워가 줄어들면, 일방적으로 내쳐진 기분이 들지요. 괜히 미움받는 것 같아 낙담하게 되고요.

친구 계정에 스팸 광고가 올라왔을 때, 문득 이런 생각이 들었습니다. 본인의 의사와는 관계없이 시스템상의 오류나 조작 실수 같은 예상치 못한 이유로 연결이 끊기기도 하겠구나, 라고요.

만약 생각하지 못한 문제가 생겨서 관계가 끊겼다면, 그 이유를 알게 되었을 때 대처해도 충분합니다. 그러니 억측으로 마음이 불안할 때는 우선 스팸을 의심합시다.

그러면 마음이 조금은 편해질 겁니다.

다른 사람과 연결이 끊겼다면
'내 탓'이 아니라 '스팸' 때문이라고
생각하자.

싫어하는 사람이 친구 신청을 했다

오, 너도 그거 하네? 슬쩍.. 헛..

친구 신청 할 테니까 수락해.

지인 말고는 신청 안 받아요.

같은 회사 니까 지인 맞잖아.

가족하고만 소통하는 계정이라 거절하겠습니다.

에이~ 보고 싶어☆ 상관없잖아~ 수락해줘~

싫다는 말을 돌려 하는 거거든.

…

회사 동료나 껄끄러운 사람의 친구 신청을 거절하지 못하겠다는 상담을 많이 받습니다.

전혀 모르는 사람이라면 간단히 무시할 수 있겠지만, 매일 얼굴을 마주치는 사람이라면 쉽지 않겠죠.

그렇다면 프로필에 '가족 한정'이라고 써두는 건 어떨까요? 시작부터 벽이 있으면 들어가기 전에 아무래도 한 번은 멈춰서게 됩니다. 자격이나 면허가 필요한 아르바이트처럼요.

상대도 '그만큼 친한 사이인가'를 생각할 테고, 뒤이어 '거절당하면 기분 나쁘겠지'라는 심리가 작용합니다. 이렇게 선을 그어두면 가벼운 마음을 가진 사람을 조금은 막아줍니다.

그럼에도 그 선을 넘으려고 시도하는 사람이 있을 거예요. 그래도 경계선을 쳐두지 않는 것보다는 확률을 낮출 수 있답니다.

 '한정'이라는 단어로 경계선을 치자.

다른 사람과
있을 때도
SNS가 신경 쓰여

누군가를 만나는 순간에도 앞에 있는 사람 대신 SNS만 들여다보는 상황을 자주 접합니다. 많은 사람이 함께 모여 있거나 양해를 구했다면 상관없겠죠. 하지만 같이 있는데 마음이 딴 곳에 가 있는 건 상대에게 실례입니다.

시간을 조율하고 약속 장소를 정하는 등 여러 과정을 거치고 나서야 겨우 서로를 만납니다. '일생에 한 번 만나는 기회一期一会'라는 말처럼 눈앞의 사람을 다음에 다시 만날 수 있을지는 아무도 모릅니다.

진짜 혼자일 때보다 누군가와 함께인데도 혼자라고 느낄 때가 더 쓸쓸합니다. 그렇게 생각하면 짧은 시간 정도는 지금 내 앞의 상대만을 바라봐도 괜찮지 않을까요. 앞에 있는 사람을 거기 없는 존재로 만들어버리는 건 너무 서글픈 일입니다.

SNS는 혼자서도 볼 수 있습니다. 하지만 눈앞의 사람은 더 이상 만날 수 없을지도 모릅니다.

'눈앞에 있는 사람을 투명인간으로 만들면서까지 SNS를 봐야만 하나?' 라고 스스로에게 묻자.

SNS를
멈추지 못하겠어

SNS는 담배나 술처럼 중독되거나 의존하기 쉽다고 합니다. 기호품이라도 도가 지나치면 몸에 해롭듯이, SNS도 지나치게 빠지면 몸과 마음에 나쁜 영향을 줍니다.

저는 무료라는 점이 사용을 부추기는 원인이라고 생각합니다. '과금 중독'이라는 말을 아시나요? 요즘 스마트폰 게임에서는 아이템을 돈으로 살 수 있습니다. 처음에는 적당한 선에서 절제했겠지요. 그러나 아이템을 사용해 게임하는 것에 빠지면 멈출 수 없게 됩니다. 돈을 너무 많이 잃었다고 생각했을 때야 중독 상태에서 빠져나올 수 있었다고들 하더군요.

그렇다면 SNS에 사용료가 있다고 가정하고, 나름대로 제한을 걸면 어떨까요? 사용 시간이 아닐 때 보면 100엔을 저금통에 넣는다거나 해서, SNS에 쓰는 시간을 돈으로 환산해 구체적인 숫자가 보이도록 하는 거죠. 그럼 '잃어버린 시간'을 확실히 깨닫게 될 겁니다. 모인 돈은 SNS보다 즐거운 일에 사용할 수 있을 거예요.

SNS에 소비한 '시간'을
'돈'으로 환산해본다.

다른 사람의
행복과 성공을
질투하는 나

SNS에서는 다른 사람의 근황을 쉽게 알 수 있습니다. 더불어 그다지 알고 싶지 않은 정보도 잔뜩 들어오죠.

행복해 보이는 친구 사진에 질투가 나고, 비슷한 실력이라고 생각했던 사람이 대활약하는 모습을 보고 초조해지기도 하며, 옛 연인이 즐겁게 지내는 모습을 보곤 우울해지기도 합니다. 이런 고민은 많은 사람들이 안고 있습니다.

다른 사람과 자신을 비교하며 우울해하거나 질투하거나 열등감을 가지기 시작하면, 결국에는 그런 생각을 하는 자신조차 싫어지게 됩니다. 저도 열등감이나 질투심을 느끼기 때문에 그 마음 잘 압니다. 특히 작품을 만들다보면 그런 감정이 자주 찾아오죠. 누군가와 비교해 한참 떨어지는 내 실력에 주눅 들기도 하고, 순식간에 유명해진 사람의 화려한 성과에 압도되기도 합니다.

하지만 어느 날 이런 생각이 들었습니다. 나는 나 남은 남, 그걸로 충분하지 않을까 하고요.

조금 다른 이야기지만, 세 잎 클로버는 행복의 상징이라고들 하지요. 세 잎 클로버에도 다양한 모양이 있습니다. 완벽한 세 잎 클로버가 있는가 하면 조금 비뚤어진 것도 있어요. 하지만 모양이나 크기에 상관없이 세 잎 클로버가 행복의 상징인 건 변함이 없습니다. 이처럼 행복의 모양은 사람마다 제각각입니다.

하루는 다른 사람의 무엇을 그렇게 질투하고 있는지 냉정하게 생각해보았습니다. 만약 그 사람과 내 영혼이 서로 바뀐다면… 하고 말이지요.

의외로 그렇게 행복하지 않겠다는 생각이 들었습니다. 멋진 남편이 있어도 내가 좋아하는 스타일이 아니거나, 즐겁게 웃는 사람들이 성격상 친해질 수 없다거나…. 다른 사람과는 행복의 형태가 완전히 일치하지 않는다는 사실을 깨달았습니다.

게다가 SNS에 보여지는 건 일상생활의 수많은 상황 가운데 극히 일부분입니다. 빙산의 일각이죠. 그리고 가장 아름다운 부분만 골라 올리는 경우가 많습니다. 영화로 말하자면 하이라이트입니다. 주인공이 파란만장한 일을 겪는 영화라도, 주인공이 잘 풀리는 장면만 뽑아내고 중간 과정을 잘라버리면 당연히 잘되는 부분만 보입니다.

SNS에는 보이지 않지만 반짝반짝한 사진 한 장이 남기까지, 당사자는 굉장히 힘든 일을 겪거나 보이지 않는 곳에서 피나는 노력을 했을지도 모릅니다.

거기에 이르기까지의 과정을 알게 된다면 '내 인생과 절대 바꾸고 싶지 않아!'라고 생각할 수도 있고요.

그렇다면 남을 부러워하는 데 쓰는 시간을 내 행복을 가꾸는 데 사용하면 어떨까요? 그편이 더 빨리 행복해질 수 있는 길을 열어줄 겁니다.

SNS에서 보이는 행복한 순간은
영화의 하이라이트와 마찬가지!

다른 사람의
자랑이
짜증 날 때

SNS에는 목소리를 높여 자랑을 늘어놓거나 주장을 강하게 펼치며 능력을 과시하고 싶어하는 사람이 꼭 있습니다.

'굳이 안 써도 되겠구먼!' 같은 생각을 하면서도 그런 글에 일일이 반응하며 짜증 내지 않았나요?

진심으로 보고 싶지 않았다면, 피하고 싶은 글을 발견한 순간에 바로 닫았겠죠. 그러니 SNS를 닫지 않고 계속 보는 사람은 부정하면서도 스스로 그걸 원하는 겁니다.

'바쁘다는 어필'을 보는 사람은 일에 불안을 느끼고 있는지도 모릅니다. '행복 자랑'을 보는 사람은 미래에 조바심이 났을 수도 있고요. '불행 배틀'을 보는 사람은 사실 자유롭게 불만을 털어놓고 싶었을지도요.

SNS에 그런 걸 올리는 상대가 나보다 뒤떨어진다는 우월감을 느끼며 안심하고 있나요? SNS에 글을 올린 사람은 자유롭게 썼을 뿐입니다. 마찬가지로 보는 사람도 원하는 걸 자유롭게 선택할 수 있습니다. 짜증을 내면서도, 그런 상황을 택한 건 바로 나 자신입니다.

짜증을 내면서도 SNS를 보는
그 상황은 본인이 선택한 것.

'좋아요'를
많이 받고 싶어

SNS 덕분에 무엇을 좋아하든 많은 사람들에게 보여줄 수 있게 되었습니다. 좋은 반응을 많이 받아 사람들에게 자신을 알릴 수 있게 되거나, 새로운 분야에서 활약할 기회를 얻었다는 이야기도 많이 듣습니다.

그런 목적이 아니더라도 글이 좋은 반응을 얻으면 기분이 좋아집니다. '좋아요'의 숫자가 커질수록 공감해주는 동료가 많아진 기분도 들고요.

하지만 도를 넘으면 매일 숫자를 체크하거나 잘나가는 사람으로 보이려 무리해서 세련된 장소에 가고, 소재를 모아 연출을 하기도 합니다.

'좋아요' 수가 적으면 적은 대로, 원인이 무엇인지 고민하며 우울해지기도 하고요. 숫자는 쉽게 드러나지만 또 상당히 대중없는 것입니다.

예를 들어, 유명인이 SNS에서 반응을 보인 것들은 곧 엄청난 기세로 퍼집니다. '그렇게 흥미로운가?' 싶은 것도 갑자기 화제에 오르기도 하고요.

'좋아요'를 누를 때 그 게시물의 '좋아요'가 몇 개인지 확인하지는 않나요? 아무도 손을 들지 않을 때 혼자 손을 들기란 쉬운 일이 아닙니다.

하지만 이미 많은 사람이 좋다는 것에 편승하기는 쉽습니다.

게다가 SNS 종류에 따라 '좋아요'가 모이는 경향이 다릅니다. 대중오락적인 트위터와 세련된 사진이 줄줄이 늘어선 인스타그램에서 인기 끄는 콘텐츠의 성격이 서로 다르듯이 말이지요.

물론 순수하게 좋은 평가를 받아 높은 숫자를 얻는 사람도 많이 있습니다. 하지만 숫자는 여러 요인이 어우러져 늘기도 하고 줄기도 합니다.

거기에 얽매여 높은 숫자를 받지 못하는 까닭을 고민하며 우울해하고, 연출 때문에 일상까지 휘둘리는 하루하루가 아깝지 않나요?

일상에서 굉장하다고 칭찬받거나 인정받을 때, 그 미소

너머에는 숫자나 '좋아요'가 보이지 않습니다.

진짜 '좋아요'는 눈에 보이지 않을 때 더 가치 있게 빛납니다.

진짜 가치 있는 '좋아요'는
눈에 보이지 않는다.

모르는 사람에게
공격당했다

SNS 활동은 개인전과 닮았다는 생각이 듭니다. 무언가 발표하기도 하고 반응을 얻기도 합니다. 그러다 모르는 사람에게 공격받을 때도 있어요. 공갈범이 따로 없죠.

익명의 악플은 으레 너그럽게 봐주거나 참는 일이 잦습니다. 하지만 느닷없이 복면을 쓴 사람이 나타나 공격한다면, 그건 범죄입니다. 언어의 칼도 사람을 향하면 흉기가 됩니다. 인터넷 세계에서만 일어난 일이 아닙니다. 공격받은 사람은 현실에 있으니까요.

인터넷에서 공격받을 때, 저는 사전 협의 없이 개그맨이 찾아왔다고 생각하곤 합니다. 몰래 계획을 꾸민 개그맨이 다른 연예인을 놀라게 하고는 그 반응을 보며 즐거워하는 예능 프로그램이 있는데요. 놀라게 하려던 사람의 반응이 나쁘거나 중간에 들켜버리면 실패잖아요. 인터넷에서 공격하는 사람도 무시하면 다른 곳으로 가버리는 경우가 많습니다. 그러니 '돌격 실패!' 상태로 조용히 돌아가게 합시다.

익명 공격은 실패한 몰래카메라!
조용히 돌려보내자.

어떤 말을 해도
트집 잡는
사람이 있지

내가 올린 글 하나하나에 트집을 잡는 사람이 가끔 있습니다. 그런 반응을 진지하게 받아들였다간 지치기만 하고, 이유를 생각해봐도 알 수 없을 때가 많습니다. '무슨 말을 해도 마음에 들지 않는 사람'은 질량불변의 법칙처럼 일정하게 있기 때문이죠.

'자연에서 살고 싶어'라고 하면 '자연에서 사는 게 그렇게 만만한 줄 아냐'고 대꾸하는 사람이 나타납니다. '사람이 많은 곳이 싫어'라는 말에 '사회부적응자'라고 쏘아붙이는 사람도 있습니다.

익명으로 사용하는 SNS에서는 내키는 대로 말하기가 더 쉽습니다. 그러니 괜한 트집을 잡는 글은 '다양한 사람이 있구나' 하며 흘려보내세요. 익명이어서 좋은 부분도 있습니다. 좋은 일이 있을 때 일상에서 대놓고 말하기는 부끄럽잖아요. 그러나 인터넷에서는 가볍게 꺼낼 수 있습니다. 즐거운 이야기는 보는 사람도 기쁘고 자기 일처럼 두근거립니다. 좋은 소식으로 모두가 행복해진다면 기분 좋겠지요.

트집을 잡는 글은 '다양한 사람이 있구나'
라고 생각하며 흘려보내자.

SNS에
올라온 이야기가
전부 내 일처럼
느껴져

SNS나 일상생활에서 누군가 던진 이야기를 자기 일처럼 받아들이고, 다른 의견을 내세우는 사람이 많아졌습니다.

저도 인터넷에 에세이를 올렸다가 모르는 사람에게 느닷없이 '그런 식으로 이야기하지 말았으면 좋겠어요!'라는 비판을 들어서 놀라기도 했습니다.

보통은 인터넷에서 다른 사람의 경험담을 우연히 읽게 되는데요, 그 글이 본인을 향한 말인 양 느끼는 사람도 있습니다.

다른 사람의 상황을 자기 일처럼 느낀다니 마음이 상냥한 사람인지도 모릅니다. 하지만 그 사람 보라고 쓴 글도 아닌데 반론을 듣게 되면 조금 곤란해지죠.

인터넷으로 접한 사실에 감정이 쉽게 끓어오르는 원인으로 스마트폰이라는 기계 자체를 꼽는다고 합니다. 지금은 스마트폰만 있다면 어떤 메시지든 언제라도 볼 수 있습니다.

그렇기 때문에 그 글이 자신을 지목한 게 아니더라도 스마트폰을 통하면 인터넷 뉴스조차도 내 이야기 같고, SNS에 올린 별것 아닌 혼잣말도 전부 내게 쓴 양 느껴지는 거죠.

생각해보니 저도 누군가 쓴 의미심장한 문장을 보곤 '내 험담인가…?' 하고 신경 쓴 적이 있답니다.

상대를 밝히지 않고 험담하는 사람을 보면 마음에 짚이는 일이 없더라도 '내가 아니'라고 생각하긴 어렵지요. 보통 대상을 명확하게 밝히지 않은 부정적인 내용일 경우, 더 쉽게 자신의 일처럼 느끼는 모양입니다.

이런 심리를 이용한 것이 오래전에 유행한 '행운의 편지'입니다.

'이 편지를 받은 사람은 몇몇에게 같은 내용의 편지를 보내야 하고 그렇지 않으면 불행해진다'며 불안을 부추기는 내용이 적혀 있는데요.

편지를 받은 사람은 보낸 사람도 모르고 어떤 불행이 일어나는지도 모르면서 '받은 사람=내가 불행해진다!'라고 생각합니다. 그 불안한 마음에서 벗어나려 다른 사람에게 똑같은 편지를 보내게 되고요.

누군가 '이건 나와 상관없는 일이야' 하고 멈추면 편지는 거기서 끝납니다. 애초에 그런 내용을 내 일로 받아들일 필요도 없습니다.

SNS도 마찬가지입니다. 수신인이 없는 불안은 굳이 받지

않아도 됩니다. 반대로 내가 그 사람이라며 나서는 사람치
고 아는 사람 없죠.

'네 이야기 아니란다.'

이런 생각 정도로 흘려보내면 어떨까요.

수취인 불명의 글은
굳이 받아들이지 않아도 괜찮아.

부정적인 말만
눈에 들어오네

무언가를 당연하게 만들려면 생각한 결과로 돌아오지 않더라도 그만두지 않고 계속 해나가는 태도가 중요합니다.

눈에 보이지 않지만 일상생활에서 나누는 말도 예외는 아닙니다. 특히 SNS에 흘러 다니는 말은 반드시 좋지만은 않습니다.

불만이나 험담 같은 '말의 불법 투기'를 목격하기도 하고, 익명의 '말의 괴한'에게 공격을 받기도 합니다. SNS에서 흔히 있는 일인지도 모르죠. 하지만 그걸 당연하게 여기고 싶진 않습니다.

좋은 말을 올려도 되돌아오는 나쁜 말이 더 많을지도 모릅니다. 그렇더라도 받아들이고 싶은 말을 먼저 끊임없이 보내는 게 중요하지 않을까요?

내보낼 말은 스스로 선택할 수 있습니다. 인생을 살면서 무엇을 당연하게 여기고 싶나요? 그걸 선택하는 사람은 바로 나 자신입니다.

다른 사람의 말은 바꿀 수 없지만
내가 할 말은 선택할 수 있다.

뒤처지고
싶지 않아

SNS에는 매일 다양한 정보가 흘러 들어옵니다. 하지만 모든 내용이 끌리진 않고, 가끔은 모르고 싶은 정보를 보기도 합니다.

누군가 분별없는 말을 해서 시끄러워지거나, 여럿이 화를 내고 서로를 공격하며 힘겨루기도 하죠. 보고 있으면 무척 피곤합니다.

실시간 트렌드를 놓치지 않으려 하루 종일 붙잡는다 해도 부정적인 정보는 자주 강 건너 불구경이 됩니다. 정보 대부분은 '지금 바로' 알지 않아도 괜찮습니다. 구경꾼처럼 달려가도 할 수 있는 일은 그다지 많지 않고요.

무리해서 모든 정보를 봐야 한다는 생각을 내려놓는 것이 중요합니다. 조금 늦게 안다고 쓰러지지는 않지만, 지친 마음이 건강한 상태로 회복되려면 오랜 시간이 걸리니까요. 필요하다는 생각이 드는 정보는 몸과 마음이 여유로울 때 봐도 충분합니다.

'지금 바로' 알지 않아도
보통은 아무 문제가 없다.

SNS 이미지로
다른 사람을
판단해버리는 버릇

SNS에서는 평소와 다른 모습이 드러나기도 합니다. 일상에서는 다정한데 SNS에는 주변이 불안해지는 글만 올리고, 평소에는 무섭더니 SNS에서는 하소연을 들어주기도 합니다.

SNS에서만 교류하던 사람을 '분명 이러이러하겠지'라고 상상했는데, 실제 모습은 글에서 풍기는 이미지와 전혀 다르기도 합니다.

우리는 수많은 사람이 올리는 정보를 SNS를 통해 볼 수 있게 되었습니다. 모든 내용을 제대로 파악했다고 느낄 때도 있어요. 하지만 그걸 완전히 처리하기란 쉽지 않습니다. 세세한 부분의 기억이 애매해져서 감정만 남는 일도 있으니까요.

예를 들어, SNS에서 나쁜 인상을 받았다면 좋은 부분이 있더라도 안 좋은 감정만 남기도 합니다. 나아가 '영 아닌 사람'으로 분류되어 점점 싫어지기도 하고요.

반대로, SNS에서 소신 발언을 해 좋은 인상을 받으면 정말 어떤 사람인지 모르면서도 '좋은 사람'으로 분류되어 점점 좋아지기도 합니다.

'SNS의 나'와 '일상의 나'가 같은 경우도 물론 있습니다. 하지만 다를 때도 많기 때문에, 일상만 알거나 SNS만 보는 것으로는 그 본질을 알 수 없습니다.

SNS만으로 판단을 내려버리곤 일상에서라면 충분히 이해했을 사람을 오해하고 있는지도요. 이렇게 인연을 놓친다면 무척 아깝겠죠.

SNS의 이미지를 현실과 다르게 연출하는 사람도 있습니다. 실제보다 조금 관대해지기도 하고, 본심을 보이지 않기도 합니다.

그래서 저는 눈으로 직접 본 모습을 '지금의 그 사람'이라고 생각하기로 정했습니다. 사실 어떤 사람인지는 본인만 알겠지만요.

눈앞의 모습이
내게는 진짜 그 사람이다.

2

인간관계가 힘들어

마음에 들지 않거나 대하기 껄끄러운 사람이 있어

'이 사람은 좋고 저 사람은 나쁘다는 기준은 무엇으로 정해지는 걸까?'라는 생각을 한 적 있습니다.

똑같은 말을 들어도 고맙게 느껴질 때가 있고, 욱하고 화가 치밀 때도 있죠. 그날의 기분에 따라 받아들이는 방식이 달라지기도 합니다. 나는 너무 싫지만 어떤 사람에게는 둘도 없는 친구일 수도 있고요.

그 사람을 판단하는 잣대는 어디까지나 자신이 아는 범위 안에서 나옵니다. 그렇게 생각하면 좋은 사람과 나쁜 사람은 단순히 내 상황에 맞는 사람과 맞지 않는 사람일지도 모르죠.

나쁜 사람만 만나게 된다고 느껴질 때는 잠시 멈춰 '지금 나는 어떤 상태지?'라고 생각해봅시다. 갑자기 환경이 변했거나, 마음이 지치진 않았나요.

마음 짚이는 부분이 있다면 그게 원인인지도 모릅니다.

좋은 사람과 나쁜 사람은
지금 내 상황에 맞는 사람과 맞지 않는 사람.

다른 사람이 뱉은
불쾌한 말에
상처받았어

때로 말은 엄청난 위력을 발휘합니다. 저는 '말의 독'을 쉽게 느끼는 편인데요. 하루는 이런 말을 들었습니다.

"불쾌한 말은 주술 같아서 신경 쓰지 않으면 거기에 걸리지 않아."

제 본업이 게임 디자이너이다보니 이 말이 마음에 확 와닿았습니다. 불쾌한 말은 게임 세계 속 '마법의 주문'과 닮았습니다. 마법은 아무리 강해도 직접 맞지 않으면 효과가 없죠. 불쾌한 말도 마찬가지입니다. 어떻게 받아들이냐에 따라 타격의 크기가 달라집니다. 굳이 제일 심각한 형태로 받아들여 큰 타격을 받을 필요 없습니다. 불쾌하게 느껴진다면 피하거나 도망쳐서 직접 맞지 않도록 합시다.

참고로 마법에는 상처 입히는 주술 말고도 상처를 치유하는 주술도 있답니다. 이왕 말의 마법을 사용한다면, 상처를 주는 마법보다는 상처를 치유하는 마법이 더 좋지 않을까요?

불쾌한 말은 주술과 같아서
신경 쓰지 않으면 효력이 없다.

어이없게
당한 일을
잊을 수 없어

안 좋은 일을 겪고, 찜찜한 기분에서 벗어나지 못하는 때가 있습니다.

심리학책에는 불쾌한 일을 저지른 당사자는 어떤 상황인지 모르는 경우가 많으니 생각할수록 본인만 손해라고 했지만, 쉽게 기분을 바꿀 수 없었습니다.

그때, 친구가 던진 이 한마디가 묘하게 설득력이 있었습니다.

"아마도 그 녀석 지금쯤 파르페나 먹고 있을걸."

이 말을 듣고 싫어하는 사람을 두고 아무리 진지하게 생각해봤자, 상대는 개의치 않는다는 사실을 깨달았습니다.

정말 소중하게 여기는 것만 진지하게 생각하세요. 좋아하지도 않는 상대를 자나 깨나 생각할 필요는 없습니다.

'지금쯤 파르페나 먹고 있을걸.'

어쩐지 마음이 가벼워지는 마법의 말입니다.

'그 녀석 지금쯤 파르페나 먹고 있을걸'
이라고 중얼거려본다.

싫어하는 사람을
향한 화가
가라앉지 않아

갈등이 생겼을 때는 상대방에게 마음을 확실히 전하고 그때그때 해결해나가는 게 가장 좋죠. 하지만 살다보면 생각처럼 되지 않을 때도 많습니다. 사회적 지위 때문에 거스를 수 없는 상대일 때도 있고, 화가 나면 폭력을 휘두르는 사람도 있으니까요.

저는 그런 사람은 가능한 빨리 잊어버리려고 합니다. 문제가 직접 해결되지는 않더라도 마음의 평온을 지키지 않으면 내가 무너져버리기 때문입니다.

화를 마음속에 품을 때마다, 머릿속에서는 상대와 치열하게 싸웁니다. 하지만 섀도복싱일 뿐입니다. 가공의 상대와 머릿속에서만 싸우는 거죠.

게다가 그럴 땐 상대방의 제일 싫은 모습을 떠올립니다. 내게 상처를 준 말을 몇 번이고 떠올리기도 하고, 그렇게 강한 상대가 아닌데도 굉장한 강적으로 여겨지기도 합니다. 그러다 결국 상대는 원래보다 더 나쁜 사람이 됩니다.

그렇게 화를 담아두다 복수하고 싶어지기도 하고, 똑같은 일을 당했으면 좋겠다는 생각도 듭니다. 벌 받기를 바라기도 하고요. 이 정도가 되면 이미 상대를 저주하고 있습니다.

남을 저주하면 그 재앙이 자신에게 돌아온다고들 합니다. 배출구가 없는 화는 결국 내가 안게 됩니다.

다른 사람의 불행을 바란 것에 죄책감을 느낄 수도 있어요. 반박하지 못하는 사람은 도리어 자신을 탓하는 일이 많습니다.

상대에게 똑같이 되갚는다고 해도 상쾌하진 않을 겁니다. 그 모습이 바로 싫어하는 사람 그 자체이기 때문이죠. 지금까지 미워하고 원망했으니 이번에는 나에게 되돌아오지 않을까 무척 두려워질 테고요.

싫어하는 사람 때문에 상처 입거나 똑같이 나쁜 사람이 될 필요는 없습니다. 그런 사람의 일은 가능하면 빨리 잊어버리세요.

어떻게 잊을지는 사람마다 다르겠지만 저는 용서할 때가 많습니다. 다양한 방법을 시도해봤지만 어떤 방법을 택해도 꺼림칙한 마음은 맑아지지 않았습니다.

물론 싫은 사람을 용서하는 일이 그렇게 쉽지는 않습니다. 그래도 그 감정에서 벗어나야죠. 상대를 용서하는 자신을 용서한다고 한번 생각해보세요. 그럼 조금은 기분이 가벼워질 겁니다.

　상대방을 위해서도 아니고, 다른 누군가를 위해서도 아닌, 바로 나 자신을 위해서라고 생각합시다.

 그 누군가가 아닌 나를 위해,
싫은 사람은 빨리 잊자.

싫어하는 사람이 머릿속에서 떠나질 않아

싫어하는 사람으로 머릿속이 가득해져서 손에 아무것도 잡히지 않을 때가 있습니다. 즐거운 시간은 눈 깜짝할 사이에 지나간다고 많이들 이야기하는데요. 싫어하는 것을 생각하는 시간은 굉장히 길게 느껴집니다.

마음도 찜찜해지는데다 생각하는 것만으로 짜증이 나서 시간을 낭비해버리게 되죠. 인생의 귀한 시간을 그런 식으로 허비하다니 정말 안타깝습니다. 게다가 싫은 사람은 쉽게 잊히지도 않습니다.

생각을 이렇게 바꿔보면 어떨까요.

'필요 없는 물건을 두는 공간도 사용료를 내야 한다고. 쓰레기를 위해 집세를 내는 거야?'

정리 정돈이 서투른 사람에게 조언으로 자주 쓰이는 말인데요, 이 말을 듣고 정말 깊이 공감했습니다.

필요 없는 물건을 내보내면 진짜 원하는 물건을 둘 수도 있고 집 안도 깨끗해질 텐데 말이죠. 애써 일을 해서 번 돈으로 그 공간의 세도 내고 있으니까요.

싫어하는 사람을 떠올리는 것도 마찬가지라고 생각하기로 했습니다. '언제까지 싫어하는 사람이랑 있을 거야? 계속 함께 살 거야?' 하고요.

싫어하는 사람과 마음속 집에서 같이 지낸다고 생각해보세요. 그 사람이 없다면 매일을 건강한 마음으로 보낼 텐데 말이죠. 그 사람의 집세까지 내가 부담한다고 생각하면, 서둘러 내쫓아버리고 싶지 않나요?

물론 쓰레기와는 달라서 물리적으로 금세 몰아낼 수는 없어요. 하지만 언제까지고 방치해두기보다는 '좋아, 쫓아내자!'라는 각오가 중요합니다.

'머릿속이 가득 차서 괴로워…'라며 피해자의 마음가짐 그대로 있지 마세요. '네 집이 아니잖아!' 하고 몇 번이고 쫓아냅시다. 소극적인 피해자 역할에 익숙해지면 그 상태가 계속 이어집니다. 매일 반복해온 일은 결국 당연해지니까요.

싫어하는 사람을 변화시킬 수는 없습니다. 하지만 나의
마음가짐을 조금만 바꾸면 상처받는 일도 줄어듭니다.

싫어하는 사람을 생각하는 건
함께 살면서 집세를 내주는 거나
마찬가지다.

멀어지고 싶어도
그럴 수 없는
사람이 있지

어떻게 된 일인지 자르고 싶어도 끊을 수 없는 인연이 있습니다. 그런 사람에게서 멀어지려는 노력은 보람도 없이 매번 허무하게 실패합니다. 타고난 체질과 비슷한 거라고 생각하며 포기할 수밖에 없었는데요.

이제 저는 그런 사람을 알레르기 같은 존재라고 생각하기로 했습니다. 꽃가루 알레르기가 있는 사람은 꽃가루가 날리는 계절이면 존재만으로 괴롭습니다. 그러나 알레르기를 고치기는 힘들어도 예방할 수는 있습니다.

알레르기 반응이 있는 음식을 모르고 먹는 바람에 몸이 나빠진 적이 있습니다. 알레르기를 일으키는 물질이 일정량을 넘으면 상당히 위험하다는 이야기를 듣고는 일찍 알게 되어 다행이라고 생각했습니다.

스트레스를 안기는 인간관계도 오랫동안 지속되면 몸을 망가트립니다. 대처법을 준비해두면 관계에서 오는 충격을 줄일 수 있을 겁니다.

껄끄러운 사람은
타고난 알레르기라고 생각하자.

아무래도
안 맞아

아무리 참아봐도…

안 맞는 사람이 있다.

끄응…

♪ 신경 쓰지 않~아

그래서 때로는…

파지직 결렬

더 이상은 무리-

이별을 선택하기도 한다.

다른 어딘가에서 행복하게 살아.

아마 우리는 분야가 다른 걸 거야…

내게는 껄끄러운 사람도 다른 누군가에게는 좋은 사람이라,

저 사람이랑 잘 맞네…

행복 분야가 다를 뿐이라고 생각했다.

자신도 모르게 어떤 장소나 사람에게 지나치게 집착하며 인간관계를 무리하게 이어가기도 하는데요. 아무래도 맞지 않는 사람과 장소가 있다고 생각합니다. 누가, 무엇이 나쁜 게 아니라 그냥 '맞지 않는' 거죠. 앞으론 나와 맞지 않는 사람은 '행복 분야'가 다른 거라고 생각하기로 했습니다.

내게 껄끄러운 A씨도 행복 분야가 맞는 사람이 있을 테죠. 상대를 싫어하며 멀어지기보다는 다른 누군가와 행복하길 바라며 헤어져보세요. 마음이 편안해지고 죄책감도 느껴지지 않을 겁니다.

'그런 놈이 행복하길 바랄 순 없어!'라고 생각할 수도 있어요. 하지만 '불행해져라!'라고 증오하며 헤어지면 그 후로 언제까지나 상대가 신경이 쓰입니다. 결국 마음도 멀어지지 못하게 되고요.

진짜 인연이라면 지금 멀어지더라도, 다시 어딘가에서 이어지기도 하니 걱정 마세요. 다시 분야가 변한다고 생각하면, 마음 편히 있을 장소를 고를 수 있겠죠?

 나와 맞지 않는 사람은 행복 분야가 다를 뿐!

제멋대로 구는
사람에게
잘 휘둘려

사람들은 갑자기 태도를 바꾸지 않습니다. 오히려 저는 갑자기 이야기한다고 느끼는 사람이 문제가 있다고 봅니다. 특히 함께한 기간이 길어지면 가까운 것과 자기 마음대로 구는 것의 경계가 애매해집니다. '부탁하면 뭐든지 들어줄 거야' '사과하면 다 용서해줄 거야' 등등 말이죠.

생각해보면 그렇게 느끼는 사람이 말하는 '갑자기'란 '내 행동이 부담이 되는 줄 몰랐다'가 아닙니다. '지금까지 해주더니 갑자기 안 해주네'라는 뜻의 '갑자기'입니다. 가끔 이런 이야기를 꺼내면 '참지 말고 그때그때 말해!'라며 화를 내는 사람이 있는데요. 참은 사람이 무슨 잘못인가요?

한쪽이 일방적으로 나쁘더라도 '다른 사람을 마음대로 바꿀 권리'는 누구에게도 없습니다. 하지만 함께하고 싶은 사람은 내가 선택할 수 있죠. 그렇다면 마음 편하게 지낼 수 있는 상대를 선택해도 괜찮지 않을까요? 저도 오랫동안 만나온 사람이 늘고 있어서 조금 더 신경 써야겠다고 결심했습니다.

상대의 행동은 바꿀 수 없지만,
함께하고 싶은 상대는 선택할 수 있다.

무리한 부탁을
거절하기 힘들어

몇 번을 거절해도 무리한 부탁을 하는 사람이 있습니다.

저도 오랫동안 만나던 사람 중에 이런 유형이 있었어요. 어떤 말을 해도 "너 말고는 부탁할 사람이 없어!"라며 억지로 밀어붙이더군요. 나중에는 "그럼 이것만 해줘도 돼"라며 오히려 거만해졌습니다. 어떻게 해야 좋을지 몰라 고민하고 있을 때, 친구에게 이런 말을 들었습니다.

"주변에 부탁할 사람이 없는 건 그 사람 탓이지. 제대로 된 인간이라면 아무도 멀어지려고 하지 않았을걸. 최후의 1인이 되지 마."

분명 처음부터 아무도 없던 건 아닐 거예요. 견디지 못해 모두가 멀어진 거죠. 그런 사람의 마지막 지인이 되어버린다면…. 생각만으로도 두렵습니다. 저는 이런 사람과 멀어지는 건 도망이 아니라 지혜라고 생각해요. 자신을 지키기 위해서 거리를 두세요. 최후의 1인이 되기 전에.

다들 도망칠 때는 이유가 있다.
최후의 1인이 되지 말자.

도저히 용서할 수 없는 사람이 있어

안 좋은 일이나 괴로운 경험을 했을 때, 상처를 치유하는 방법은 사람마다 다릅니다.

상처 준 사람을 용서할지 안 할지, 선택도 각자 다릅니다. 다만 결정을 내릴 때는 외부 의견을 무리해서 듣지 않는 편이 좋습니다. 용서를 택했는데, '스스로를 속이는 일, 화내지 않는 것은 위선이다'라고 말하는 사람이 있을 겁니다. 반면, 용서하지 않을 참인데 '용서하지 않으면 편해지지 않아'라고 말하는 사람도 있을 테고요.

도저히 용서할 수 없을 때 용서하라는 말을 듣는 것도, 용서하고 싶은데 계속 싸우라는 선택을 강요받는 것도 모두 괴롭습니다. '용서'는 다정하게 느껴지지만, '용서하다'가 곧 '다정하다'인 것은 아닙니다. 용서가 자신을 지키는 수단인 사람도 있으니까요.

외부의 조언은 '당사자에게는 효과가 있던 약' 같은 겁니다. 다른 사람에게 처방된 약을 함부로 먹으면 위험합니다. 바깥의 목소리보다도 자신의 마음, 내가 편해질 수 있는 방법이 최고입니다.

편해지려면 바깥의 목소리보다
자신의 목소리를 듣자.

안 좋은 일이 있어도
다른 사람에게
털어놓기가 어려워

예전에는 일어난 일을 그대로 이야기하면 불평이나 험담이 되어버린다는 생각이 들어, 괴로워도 누군가에게 털어놓지 못한 채 참고 단념했었습니다.

하지만 어느 날 친구가 그러더군요.

"그건 험담이 아니라 그냥 사실이잖아."

험담처럼 들리는 건 상대가 나쁘기 때문이라는 말을 듣고 조금 놀랐습니다. 친구 말처럼 오히려 사실을 왜곡해 상대를 감싸는 바보 같은 짓을 했다는 생각이 들었습니다.

'안 좋은 말을 꺼내고 싶지 않아…. 다툴 일을 줄일래….'

이렇게 생각하면 상대에게 불리한 말을 할 때마다 험담하는 기분이 듭니다. 하지만 일어난 일을 그대로 이야기하는 건 험담이 아닙니다. 좋은 일을 그대로 이야기하는 것도 험담이 되진 않지요.

그러니 혼자 끌어안기가 괴로울 때는 털어놓을 수 있는 사람에게 사실을 이야기하는 것도 괜찮습니다.

일어난 일을 그대로 말하는 건
'험담'이 아니라 '사실'.

편견을 가지고 다른 사람을 보게 될 때

좋은지 싫은지, 한쪽에 치우쳐 판단할 때가 있습니다.

그럴 때는 얼굴도 이름도 지우고…

행동을 보고 말을 들어 봅니다.

좋건 나쁘건

상대에 대한 느낌이 달라졌다면…

편견을 가지고 상대를 봤는지도 모릅니다.

어릴 때는 이유가 없어도…

좋고 싫은 건 스스로 알았는데 말이죠…

주변 의견에 휩쓸려 누군가를 제대로 판단하지 못할까 불안해질 때는 '상대를 전혀 몰랐다면…?'이라고 생각해봅시다.

일상 속에서는 다수의 의견이 옳게 느껴지니 아무래도 판단에 자신이 없어지는 일이 많습니다.

'모두가 그렇게 말하니까 ○○한 사람이다'라고 믿어버린 적은 없나요? 이렇게 대중의 의견에만 치우치게 되면 자신의 소신과는 점점 멀어집니다.

그러니 편견으로 사람을 본다는 생각이 들면 얼굴도 이름도 지우고, 전혀 모르는 사람이라고 생각합시다. 그리고 다시 그 사람의 행동이나 말을 살펴봅니다.

다른 면이 보이는데도 스스로 부정하거나 반대되는 답을 찾고 있나요? 그렇다면 누군가의 말에 마음을 빼앗긴 상태인지도 모릅니다.

다른 사람의 이야기를 듣는 것도 중요합니다. 그렇지만 본인의 판단도 그만큼 중요합니다.

얼굴도 이름도 지우고
전혀 모르는 사람이라고 가정해본다.

다른 사람에게
지적만 받을 때

'다 널 위해서 하는 말이야….'

살면서 이 말을 몇 번이나 들었는지 모릅니다. 이 말 다음에 이어지는 건 대체로 나를 향한 지적입니다. 욱하고 짜증이 나서 듣지 않은 적도 있고, 그 이야기가 정말 도움이 된 적도 있습니다.

저는 충고를 받아들이는 기준을 무척 단순하게 정해두고 있습니다. 상대가 '존경할 만한 사람인가' 혹은 '좋아하거나, 싫어하는 사람인가'입니다. 누군가를 존경하거나 좋아하게 되는 데는 이유가 없습니다. 그런 사람의 말은 마음에 진심으로 와닿아서 고스란히 받아들일 수 있습니다. 하지만 싫어하는 사람의 말은 실제로 불쾌한 경우가 많고, 그렇게 느끼는 데도 이유가 있지요.

'너를 위해서'라고 말하기는 쉽죠. 하지만 그 말에 책임을 지는 사람은 거의 없습니다. 다정해서가 아니라 우위에 서고 싶은 마음에 발화 욕구를 억누르지 못하는 사람은 '자신을 위해서' 말합니다. 목숨이 걸린 일이 아니라면 '너를 위해서'라며 하는 말을 모두 들을 필요는 없습니다.

'너를 위해서'라는 말을 들었다면
'나를 위해서' 도움이 되는 말만 듣자.

자기 마음대로
내 이미지를
정해버리는 사람

남의 이미지를 마음대로 정해버리는 사람이 있습니다. '놀려먹기 좋은 사람' '존재감이 없는 사람' '오타쿠' '무능한 사람' '우등생' 등등 자기 마음대로 상대의 이미지를 정해놓고 즐거워합니다. 웃으면서 들어줄 정도일 때는 상관없죠. 하지만 도가 지나쳐 진심으로 짜증이 나는 순간이 있습니다. 그럴 땐 '나에 대해 뭘 안다고 난리야?'라고 되묻고 싶어집니다.

저는 일할 때는 말이 많고 의견을 확실하게 전달하는 편입니다. 평소에는 듣기 전문이라 먼저 이야기하지 않고요. 장소에 따라 '잘 떠드는 사람'이라고도 하고, '조용한 사람'이라는 말도 들어요. 이렇게 이미지란 보이는 범위에 따라 다를 뿐, 전부를 이해하고 정해지는 건 결코 아닙니다.

어릴 때 이상한 별명을 생각해서는 놀려대는 아이가 있었는데요, 꼬리표를 붙이고 싶어하는 사람은 그런 어린아이와 똑같습니다. 아직도 그러고 있다니, 스스로 부끄럽게 여겨야죠. 그런 사람이 기분 나쁜 이미지를 붙이거든 신경 쓰지 말고 무시하세요.

다른 사람의 이미지를 마음대로 정해 별명을 붙이는 사람이 오히려 부끄럽다.

아무도 알아주지 않아서 고독해

고독이란…

사라지지 않는
것일지도 몰라.

부정적으로 말하는
사람도 있지만…

살아가는 데
필요하니까
존재하는 게
아닐까.

고독은
인생에서
유일하게…

사라지지 않는
것일지도 몰라…

고독하기 때문에
소중한 사람과

소중한 시간이
빛나 보이는 거야…

전에는 지금보다 고독을 더 자주 느꼈습니다. 마음에 구멍이 뚫린 것 같아 나를 받아줄 장소를 늘 찾아다녔어요. 소중한 사람이 있는데도 아무도 나를 이해해주지 않는다며 한숨짓고, 외로움을 견디기 힘들어 항상 애인이 있기를 바랐습니다.

지금은 고독이나 공허한 기분이 없애고 싶다고 없앨 수 있는 게 아닌, 내 안에 있는 당연한 감정임을 알게 되었습니다. 속된 말로 사람은 언제 죽을지 아무도 몰라요. 그러니 고독을 사람으로 메우려 하면 언젠가는 다시 고독해집니다.

이해받길 바라는 나를 다른 사람은 이해할 수 있을까요? 솔직히 말하면 본인조차도 스스로를 완전히 이해하기 힘듭니다.

그러니 누군가 '당신을 이해해'라고 해도 마음에서부터 긍정할 수는 없을 거예요. 스스로도 정답을 모르기 때문이죠. 고독은 인생에서 사라지지 않는 유일한 것인지도 모르겠습니다.

 고독하기 때문에 소중한 사람은 물론이고 살아가는 모든 시간이 빛난다.

모두에게
좋은 사람이
되고 싶어

'다른 사람이 어떻게 생각하는지 신경 쓰지 않아'라고 시원스레 말할 수 있는 사람도 있겠죠. 하지만 저는 좋은 평가를 받을 수 있다면 더 좋겠다고 늘 생각합니다. 그래서 주변의 평가를 신경 쓰며 일희일비할 때가 많습니다.

사실 그 평가라는 게 이상한 놈이라 어떤 때는 노력하는 만큼 인정을 받지만 때로는 아무런 이유도 없이 가치가 떨어지기도 합니다. '어쩐지 별로야' '왠지 모르겠지만 그다지' 등등 꽤 상처가 되는 평가를 내리는 사람도 진짜 있고요. 이럴 때는 노력해서 바꿀 수도 없습니다.

참고로 저는 고양이를 키우는데요, 똑같은 사료를 줘도 좋고 싫음이 나뉩니다. 얽매이는 것이 많은 인간은 동물보다 취향이 훨씬 다양하고 상황도 다른 경우가 많죠. 그렇기에 모든 사람에게 '좋은 사람'이 될 수 없습니다.

모두가 좋아해주지 않는 게 당연합니다. 또 모두를 좋아하지 않아도 괜찮습니다. 이렇게 생각을 바꾸었더니 다른 사람의 평가를 그다지 신경 쓰지 않게 되어 마음이 편안해졌습니다.

 다른 사람의 평가만큼 애매한 것도 없다.

'지금 저 얘기… 내 얘길까?'

신경 쓰이는 말이 마침 귀에 들어온 적 있죠? 아마 마음 쓰는 그 무언가에 자신감이 떨어졌을 때일 겁니다.

오늘의 운세가 '사람이 많은 장소를 조심하세요'였다고 칩시다. 이 말을 듣는 순간, 가장 신경 쓰이는 사람과 함께 있을 법한 장소를 상상하게 됩니다. 이런 생각이 드는 건 아마 스스로가 그 말을 찾고 있었기 때문이겠죠.

잘 생각해보세요. 주위 사람들이 당신에 대한 소문을 퍼트리거나 나쁘게 말한다면 당신은 이미 유명인입니다. 많은 이들이 언제나 당신을 생각해주니 어떤 의미로 인기 있는 셈이죠.

하지만 냉정하게 따져봅시다. 누군가를 늘 그렇게 생각하나요? 상당히 의식하는 사람이 아닌 이상, 계속 생각하지는 않을 겁니다.

이럴 때는 '나는 유명인이 아니니까' 하고 웃어넘기세요.

유명인이 아니니까 그렇게까지 주목받진 않아.

아무래도 적응할 수 없는 장소가 있어

자신과 맞지 않는 장소에 있으면…

… 기분이 가라 앉는다…

좋아…

후-!

거기에 있어도 신경 쓰이지 않을 테니까…

그럴 때는 다른 이들을 동물이나 채소로 바꿔 생각해본다.

…

무리.

서로 이해하지 못하는 게 당연하다는 생각이 들기 시작합니다 (웃음).

티베트 모래여우를 추천합니다.

마음이 불편해지는 장소가 있습니다. 맞지 않는 사람이 많거나, 그저 있는 것만으로도 기분이 나빠지는 그런 곳 말이죠. 거기에선 자연스럽게 기분이 가라앉습니다.

저는 많은 사람 앞에서 이야기하는 게 영 어색합니다. 이 고민을 털어놓았더니 "사람들 앞이 긴장되면 주위 사람을 동물이나 채소라고 생각하면 괜찮아져"라는 말을 들었습니다.

마찬가지로 불편한 장소에서 주위 사람을 다른 무언가로 바꾸면 조금은 편해지지 않을까요? 그런 곳에 있을 때는 주위 시선이 신경 쓰여 지나칠 정도로 진지하게 생각하게 됩니다. 그러다 지쳐버리는 거죠. 자리를 어서 피하고 싶어집니다. 그럴 때 저는 주변 사람을 티베트모래여우라고 상상합니다. 티베트모래여우는 무기력한 표정이라 무슨 생각인지 전혀 알 수 없어요. 이런 표정이라면 서로 이해할 수 없는 상황을 당연하게 받아들일 수 있어 추천합니다. 여러 마리가 모여 있다고 상상하면 무척 독특한 광경이니 웃음이 터지지 않도록 조심하세요(웃음).

이해할 수 없는 사람을
티베트모래여우라고 생각해보자.

괴롭고 불행한 이야기를 자꾸 들어달라고 할 때

괴로움을 토로하는 사람 앞에는 이야기를 듣는 사람이 있습니다. 대체로 이런 상황은 이야기를 털어놓는 사람이 가장 괴롭고, 듣는 사람은 괜찮다는 묘한 규칙을 전제로 합니다. 그렇기에 듣기를 거부하거나 반론하면 '아무한테도 상담하지 말라는 말이야?' '들어주지도 못 해? 너무해' 같은 이야기를 듣기도 하죠.

하지만 세상에는 다양한 사람이 있고, 자신의 괴로움을 밖으로 털어놓지 못하는 사람도 있습니다. 또 '말하는 것만으로 편해지는' 이야기가 '듣는 것만으로도 괴로워지는' 사람도 있고요.

괴로운 이야기를 하지 말라는 게 아닙니다. '들려주고 싶은 상대'가 반드시 '들어줄 수 있는 사람'이라고 단정하지 말아야 한다는 거죠. 상담하는 사람과 들어주는 사람 중 누가 더 괴로운지는 잴 수 없습니다. 분명한 건 이야기하는 쪽이 상대를 선택하고 싶듯, 듣는 쪽도 마찬가지입니다.

'이야기할 자유'가 있다면
'들을 자유'도 있습니다.

자꾸만 남을 흉보게 될 때

아무리 애를 써도 화를 억누를 수 없던 시기가 있었습니다. 이런저런 방법을 생각하다가 내뱉으면 조금은 편해지지 않을까 싶어, 방에서 험한 말을 크게 내질러 보았습니다.

하지만 마음은 가벼워지지 않았고, 시커먼 말을 뱉었다는 사실에 덜컥 침울해져 죄책감만 가득해졌습니다. 그때 저는 험담만큼 소리 내어 말해도 가뿐해지지 않는 것은 없다고 생각했습니다. 위로 던진 공이 자기 머리로 떨어지듯, 내뱉은 말은 얼마 안 가 전부 되돌아오는 기분이 듭니다.

어떤 방법으로도 화가 가라앉지 않을 때면 밖으로 나가 달려야겠다고 생각했습니다. 노래방에서 큰 소리로 노래를 부르는 것도 괜찮은 방법입니다. 몸을 움직이거나 큰 소리를 내고 나면 마음이 꽤 가벼워집니다. 숨을 크게 내쉬면 무언가를 뱉어낸 기분이 들고요. 적어도 독을 뱉으며 숨을 몰아쉬기보다는 달리거나 노래를 불러 숨을 내쉬는 쪽이 훨씬 상쾌합니다.

머리 위로 던진 공처럼
나쁜 말은 전부 자신에게 되돌아온다.

남을 위해
자기 일을
나중으로 미룬다

전에는 아무리 바빠도 내 일을 나중으로 미루고 친구 일을 먼저 생각했습니다. 그 정도로 친구의 존재가 컸습니다. 그러던 어느 날, 이런 말을 들었습니다.

"네가 날 소중히 생각하듯이 너도 내게 소중해. 그러니 자신을 귀하게 여겼으면 좋겠어."

무리를 해서라도 친구가 웃었으면 좋겠다는 생각에 버텨 왔지만, 그러다 건강이 나빠지면 웃음은커녕 소중한 친구를 슬프게 만듭니다. 그때 깨달았습니다.

친구뿐 아니라 가족이나 애인, 친하게 지내는 누군가가 나를 위해 무리하다 나쁜 일이 생긴다면, 아마도 무척 후회할 거라고요. 그 후로 자신을 보살피는 것도 소중한 사람을 위한 일이라고 생각하게 되었습니다.

누군가를 도우려 무리하는 사람이 많습니다. 하지만 그 사람들을 위해 자신을 지키는 것도 무척 중요합니다.

자신을 소중히 여기는 것도
소중한 사람을 위한 일이다.

배려하는 걸
자꾸 잊는다

항상 다정한 말을 건네는 소중한 친구가 있습니다.

이 방법은 그 친구에게 배운 것인데요, 소중한 사람에게는 매일 꽃에 물을 주듯이 다정한 말을 건네는 게 중요하다고 합니다. '좋아해'나 '고마워'는 마음에 영양분이 되기 때문에 아까워하지 말고 듬뿍 줘야 한답니다.

무척 멋진 사고방식이라고 생각했습니다.

그 이야기를 들은 뒤로는 혼자 있을 때도 가능하면 다정한 말을 고르고 싶어졌습니다. 혼자라고 듣는 사람이 없는 게 아닙니다. 나 자신이 항상 듣고 있으니까요. 반려동물에게 사랑한다고 말해보세요. 특별히 마음에 드는 물건이라도 상관없습니다. 다정하게 '좋아해'라고 말해봅시다.

이런 습관이 들면 다른 사람에게도 다정한 말을 자연스럽게 건넬 수 있을 겁니다.

친구에게 받은 다정한 말을 바통을 건네듯 또 다른 누군가에게 전해봅시다. 그 바통이 계속 이어져 다정한 사람이 점점 늘어난다면 세상은 조금 더 멋져질 거예요.

꽃에 물을 주듯, 소중한 사람과
자신에게 다정한 말을 건네자.

다른 사람이
내 생각대로
움직여주지 않아

좋아하는 사람이 생기면 상대에게 호감을 얻고 싶습니다. 그 사람이 행복했으면, 하는 마음이 들어서 무엇이든 해주고 싶어지고요. 하지만 막상 사귀기 시작하면 얼마 안 가 '왜 나만 계속 줘야 하나'라는 불만이 싹틉니다.

원래 받기만 하고 돌려주는 것엔 서툰 상대를 좋아하게 된 겁니다. 어쩌면 사귀기 시작하면서 원하는 게 변해버린지도 모르죠. 처음에는 다정했는데 지금은 달라졌다면 상대가 변해버렸을 수도 있고요.

사랑하는 사람은 분명 연인이죠. 그러나 소유물은 아닙니다. 이 점은 모든 인간관계에 똑같이 적용됩니다.

아무리 사이가 좋더라도, 슬픔도 기쁨도 함께 나누는 관계라고 해도 상대의 마음과 생각을 바꿀 권리까지 얻는 것은 아닙니다.

'그 사람을 위해 애쓰는 건 내가 좋아서 하는 일'이라고 생각하면 어떨까요?

내게 마음을 연 사람이라도
생각까지 바꿀 권리는 없다.

다른 사람을 위해
노력했는데
고마워하지 않아

연인이나 친구 사이에서 자주 나오는 불만이 있습니다. 바로 '해줬는데'라는 말입니다.

하지만 그런 생각이 든다면, 죄송하지만 선의만으로 한 행동은 아닙니다. 진짜 선의라면 보답이나 고마운 마음을 기대하지 않습니다. 은혜 갚기를 바라는 시점에서 이미 자신을 위해서 한 일입니다.

'해줬는데'라며 화를 내는 사람은, 비유하자면 무료라더니 이용료를 청구하는 앱 같습니다. 무료로 체험하라며 꼬드기고는 나중에 고액을 청구하는 수법을 쓰니 말입니다. 미리 알았다면 다운로드하지 않았을 텐데요(웃음). 은혜에 대한 청구서를 받은 사람 입장에서는 그런 수법과 다를 바 없을 겁니다.

다른 사람을 위해 무언가를 할 때는 '해준다'가 아니라 '내가 하고 싶어서 했다'가 가장 좋은 태도라고 생각합니다.

다른 사람에게 무언가를 할 때는 '해준다'가 아니라 '하고 싶어서 했다'는 마음가짐으로!

소중한 사람과
멀어져야 할 때

지금까지 함께한 동료와 서로 다른 길을 걷게 되는 때가 있습니다. 졸업하고 진학하는 학교가 달라졌을 때처럼요. 하지만 조금 지나면 다시 웃으며 함께할 날이 오기도 합니다. 저는 이런 상황이 나란히 달리는 열차 같다는 생각이 들었습니다. 같은 역을 출발해 선로가 나뉘며 멀어지기도 하고, 나란히 달리기도 하다가 어느 역에선가 다시 함께 서기도 하지요. 만나지 못하는 동안에도 어딘가를 달리고 있습니다. 같은 시대에 각자의 길을 달리는 동료가 있다는 것은 무척 행복한 일입니다. 한 동료와 이런 이야기를 나누었습니다.

"변함없이 달리고 있구나. 역시 따라잡을 수가 없어."

"괜찮아. 서로 가고 싶은 길이 다른 거니까."

누군가를 따라잡기 위해서가 아닌 자신이 선택한 길을 계속 달리는 것, 그걸로 충분합니다. 멈추지 않고 달린다면 언젠가 어딘가에서 다시 만날 날이 올 겁니다. 그때 멋진 길을 달려왔다며 웃으며 이야기 나눌 수 있다면, 그게 최고의 인생이겠지요. 그러니 인생 어딘가에서 다시 만날 날을 바라며 계속해서 달립시다.

자신의 길을 멈추지 않고 달리다보면
다시 어딘가에서 만나는 날이 온다.

소중한 사람을
잃을까 봐
두려워

무언가를 잃어버릴까 봐 계속 전전긍긍하게 되는 시기가 있습니다. 소중한 관계나 하는 일이 앞으로도 계속 이어질까 걱정이 들어 안절부절못하고요.

그런 생각이 들 때는 일이 잘 풀리는 시기니 안심하세요. 무언가를 가진 느낌이 든달까요. 많은 것을 가졌다고 생각하니 잃어버리는 게 두려운 건지도 모릅니다. 반대로 잃는 게 두렵지 않다면, 더 이상 가진 게 없는 시기인 거죠.

아무리 소중한 사람도 나의 소유물은 아닙니다. 지금 맡은 일도 전부터 계속 이어져온 게 아니고요. 모든 게 사람의 연으로 이어진 덕분에 만날 수 있었던 겁니다. 무언갈 잃을까 두렵나요? 그럼 그걸 빌리고 있다고 생각하면 어떨까요? 모든 것이 잘 풀릴 때는 많은 걸 빌린 상태인 거고요.

그렇게 생각을 바꾸고 나니 잘 풀릴 때일수록 은혜를 갚고 싶다는 마음이 더 들었습니다. 빌린 것이기 때문에 소중히 다루고 싶고, 충분히 돌려주고 싶은 거겠죠.

잃고 싶지 않은 것이 있다면,
잠시 빌렸다고 생각하자.

3

회사가 문제야

내 의견을 제대로
전달하기 힘들어

많은 사람들 앞이나 직장에서 의견을 전하는 데는 상당한 용기가 필요합니다. 말을 꺼내려면 긴장 때문에 머릿속이 새하얘져서 무엇을 말하려고 했는지 막상 떠오르지 않죠.

저도 다양한 회의에 참가해왔습니다만, 말하기 힘든 곳에 서는 '입 다물라'는 분위기나 '네 의견 듣지 않겠어'라는 의문의 압박이 느껴집니다.

이야기하기 굉장히 편한 장소도 있지만, 한마디 꺼내기도 숨 막히는 장소도 있습니다. 때로는 반대의 입장에서 어려운 분위기를 만들기도 하고요.

그런 분위기는 그렇게 만드는 주변이 미숙하기 때문입니다. 그러니 자신만 탓하지 않아도 괜찮습니다.

우선은 가까운 선배나 이야기하기 쉬운 사람에게 의견을 전해보면 어떨까요? 최대한 편한 방법으로 생각을 전하는 게 익숙해져 당연한 일이 된다면, 제가 그랬듯 지금보다 이야기하기가 쉬워질 겁니다.

이야기하기 어려운 분위기를
상대가 만들기도 한다.

남보다 무능한
내 모습에
우울해질 때

다른 사람과 자신을 비교하거나, 주변 사람들에게 칭찬받는 남을 보고는 '나는 왜 못하지…' 하며 우울해지기 쉬운데요.

문득 이런 생각이 들었습니다. '왜 비교하는 걸까?'라고요. 남과 비교하는 행동은 언뜻 자신을 낮게 평가하는 것 같지만, 실은 본인의 실력을 상당히 높게 평가하는 데서 나옵니다. 자신도 그 수준이 될 수 있다고 생각하지 않는다면 우울해질 리가 없겠죠.

절대적인 차이가 있다면 굉장하다고만 생각하지, 우울해하지는 않습니다. 김연아 선수의 경기를 보며 '나는 왜 저렇게 못 타지…'라고 생각하지 않잖아요. 자신의 실력을 믿으니 하지 못한 것에 풀이 죽고 칭찬받지 못한 것에 우울해지는 겁니다.

우선은 자신의 실력에 가까운 사람을 목표로 잡으면 어떨까요? 그 사람이 하고 있는 것을 해보고, 쉽게 해냈다면 목표를 더 높여봅니다. 작은 성공이 늘어나면 자신감이 생깁니다. 그럼 우울해하지 않고 앞으로 나아갈 기분이 들 겁니다.

 목표는 눈에 보이는 높이면 충분해!

회사 내
인간관계로
괴로워

누구나 한 번은 회사 내 인간관계로 고민을 겪습니다. 저는 인간관계가 힘들어서 일을 그만둔 적도 있어요.

다른 사람에게 잠깐 휘둘리는 것도 상당히 피곤합니다. 그런데 회사에 있는 시간은 꽤 길고, 상대방의 말을 거스를 수 없는 입장이죠. 필요 이상으로 휘둘리면 무척 지칩니다.

회사에서 힘을 가진 사람은 그곳에서는 절대 권력자처럼 느껴지지만, 밖으로 한 걸음만 나가면 평범합니다. 유명인이 아닌 이상 그 사람의 이름도 직책도, 외부인은 모르죠.

고객을 대하는 직업을 예로 들어봅시다. 부하가 상사에게 직장 내 괴롭힘을 당해 회사를 그만두었습니다. 그럼 어제 괴롭히던 부하가 내일은 깍듯이 모셔야 할 고객이 될 수도 있습니다.

'이 사람이 거만하게 굴 수 있는 곳은 여기뿐이다.'

이렇게 생각하면 상대를 바라보는 방식도 달라질 겁니다.

회사 안에서 아무리 대단하다 한들
회사 밖으로 나가면 평범한 사람이다.

악덕 기업인 걸 알면서도 회사를 그만두지 못해

지금까지 다양한 일을 해오면서 악덕 기업에도 몇 번 들어 갔었습니다. 일이 정말 끊임없이 밀려들더군요. 이런 회사 일수록 그만두고 싶어도 쉽게 그만둘 수 없습니다.

처음 악덕 기업에서 일할 때는 그만두기까지 1년 이상이 걸 렸고, 몸과 마음에 큰 타격을 입었습니다. 그 후로도 악덕 기 업에 몇 번 더 들어갔지만 그때는 바로 나올 수 있었습니다.

바로 그만둘 수 있었을 때와 그럴 수 없었던 때의 차이는 다름 아닌 지식의 양이었습니다.

처음에는 설마 악덕 기업이라고는 생각도 못 했고, 법에 대한 지식도 전혀 없었습니다. 한마디로 '무척 만만한 상대' 였죠.

제 경험입니다만, 악덕 기업은 어디까지가 법적으로 허용 되는지, 어디부터가 법에 저촉되는지를 잘 압니다.

그래서 만만한 상대는 좀 더 이용하고, 경계선을 공격하 는 귀찮은 상대는 빠르게 타협해 처리하려고 합니다.

회사 안에 있으면 그곳의 규칙이 사회 전체의 규칙이라

고 믿어버리기 쉽죠. 하지만 회사의 말이 100퍼센트 옳은 것만은 아닙니다.

법으로 따지면 수상한 부분도 상당히 많습니다. 그러니 회사의 말을 있는 그대로 받아들이지 마세요. 만만한 상대가 되지 않도록, 때로는 의심하고 조사하는 것도 무척 중요합니다.

그렇지만 회사를 그만두는 건 상당한 용기와 기력이 필요하기 때문에, 대부분은 문제를 떠안아버립니다. 하지만 정말 위험할 때는 자신을 위해 멈춰 서세요.

절대 그만두지 못할 일은 없습니다. 그저 '간단하지 않을' 뿐입니다. 간단하지는 않지만 제대로 된 절차를 밟는다면 회사가 퇴직을 막을 권리는 없습니다. 다음 일을 찾는 것 역시 간단하지는 않겠죠. 하지만 조건을 많이 따지지 않는다면 어디든 할 일은 있습니다.

제 주위에도 회사 때문에 몸과 마음이 병든 사람이 있습니다. 무리를 해서 쓰러지거나 죽기라도 하면 본인만 손해입니다. 회사는 생명과 건강을 돌려주지 않습니다.

뭐든 간단하지 않겠지만 진심으로 그만두고 싶다면, 그만둘 수 있습니다.

회사가 하는 말이
현실에서도 올바른 상식인 건 아니다.

불합리한 업무나
부당한 취급을
참고 있어

어느 정도는 참을 필요도 있죠. 하지만 느끼지 않아도 될 스트레스를 받거나 필요 이상으로 참고 있다면, 잠시 멈춥시다.

고용 조건과 다른 일을 자꾸 맡거나 상사에게 부당한 취급을 당할 때도 '분명 내가 덜 성장한 탓이야…'라며 참고 있지 않나요?

원래 일이라는 것은 참는 게 아닙니다.

흔히 급여를 '참는 것에 대한 대가'라고들 부르죠. 그러나 '참아야만 하는 부분'이 '본래 일과 관계없다'면 그럴 필요가 없습니다. 오히려 일의 어려움과, 그와 관계없는 스트레스를 하나로 엮는 게 이상합니다.

그럴 필요가 없는 것까지 참아도, 그 대가를 추가로 지급하지는 않습니다.

지나치게 참다가 마음이 병들어 일할 수 없게 된다면, 지금까지 참아온 고생도 전부 부질없어집니다. 자신을 지키는 것도 업무에서 중요한 부분임을 잊지 마세요.

 참지 않고 자신을 지키는 것도 중요한 업무!

스트레스를 참고 최선을 다할 때

많은 사람이 모일 때 자주 떠오르는 공통 화제는 '일에 대한 스트레스'입니다. 다들 다양한 일을 하고 있기 때문에 모든 이야기가 통하지는 않지만요.

노력하는 사람일수록 자신의 피로와 스트레스를 가볍게 봅니다. 다른 사람은 잘 살피면서 정작 자신이 참고 있는 건 깨닫지 못한 채 '괜찮다'며 무리합니다. 저도 계속 참다가 신경성 위염으로 쓰러져서 실려간 적도 있답니다. 웃지 못할 경험을 했기 때문에 무리하고 있는 사람을 볼 때면 지금 당장 깨닫기를, 하는 마음이 듭니다.

스트레스를 피하는 해결책으로 저는 기한을 정해두는 방법을 자주 사용합니다. '만약 앞으로 ○개월 동안 같은 상황이 이어진다면 그때는 회사를 그만두자' 하고요.

대피로가 확보되었다고 생각하면 마음의 여유가 달라집니다. 이 방법으로 정말 그만둔 일도 있는가 하면, 마음이 편해진 덕분에 오랫동안 계속한 일도 있습니다. 그러니 어떻게 해도 상황을 바꿀 수 없을 때는 우선 도망칠 장소를 만들어두세요.

 이 스트레스를 언제까지 안고 있을지 '기한'을 정한다.

몸과 마음의 컨디션이 좋지 않을 때

지쳐 있을 때는 머리와 몸이 따로 노는 기분이 듭니다. 무리해서 열심히 하기보다는 잘 쉬는 편이 효율이 높다는데, 정말입니다. 컨디션이 좋지 않아서 멍하니 있다가, 평소에는 저지르지 않을 실수도 하니까요. 결과적으로 일의 효율이 떨어집니다. 익숙한 일일수록 더 실수하게 됩니다. 제가 잘하는 실수는 개찰구에서 집 열쇠를 꺼내거나, 저장을 잘못해 작업 중이던 데이터를 날리는 겁니다.

이렇게 너무 익숙해진 일인데도 실수를 하거나, 피로로 의도하지 않은 결과가 나오는 것을 '휴먼 에러'라고 부른답니다. 조금 어렵게 느껴집니다만, 생각해보면 '지쳐서 실수했다'기보다는 '실수할 만한 배경과 원인'이 휴먼 에러를 불러온 거죠. '지쳤으니 쉰다'가 아닙니다. 원인이 생기지 않도록 '지치기 전에 쉰다'면, 실수는 막을 수 있습니다.

지쳤을 때 쉬는 건 이미 늦었습니다. 저 같은 실수를 할 수 있으니 주의하세요(웃음).

'지쳤으니 쉰다'가 아니라
'지치기 전에 쉰다'.

이 일을
계속해도
될까

환승하지 않으면 목적지에 도착할 수 없듯, 인생의 레일도 갈아타지 않으면 나아가지 못할 때가 있습니다. 일도 그런 때가 있죠. 악덕 기업이라는 걸 알고 있으면서도 그 전철을 계속 타고 가기도 하니까요.

내리고 싶은데 그러지 못하는 이유가 있나요? 그럼 내려도 괜찮을 이유도 생각해보세요. 한쪽밖에 보이지 않는다면 정말 내릴 수 없게 됩니다. 계속 앉아 가다가 갈아타는 바람에 서서 가야 할지도 모르고요. 환승하러 가는 길이 힘들지도 모릅니다.

일을 그만둘 때 따라오는 고생이나 다음 일을 찾는 번거로움 등, 그만두지 못할 때도 그만큼 힘든 이유가 많을 겁니다. 하지만 반복되는 익숙한 풍경에서 벗어나 새로운 세계를 볼 수 있다고 상상해보세요. 계속 한자리에 앉아 있었다면 보지 못했을 풍경일 겁니다.

인생도 전철도 목적지를 선택할 수 있습니다. 언제든 갈아타도 괜찮습니다.

갈아타지 않으면
결코 도착할 수 없는 곳도 있다.

4

나만 잘하면 되는 걸까

스스로에게
자신이 없어

가끔 하는 일에 자신감을 잃어버려 되찾을 수 없을 때가 있습니다. 해결책으로 '자신감으로 충만했던 과거를 떠올리면 좋다'고 들었습니다. 그때를 생각하면 언제라도 자신감을 가질 수 있다고 하는데요….

'언제 자신감이 있었던가…?'

'떠올려봐! 그때를… 그 자신감을 다시 한번….'

냉정하게 생각해봤더니 저는 일이 잘 풀렸던 때에도 자신감 같은 건 없었습니다. '자신감 가져본 적 없어!'라고 자신을 가지고 말할 수 있을 정도니까요. 처음부터 없는 걸 잃었다고 생각한 스스로가 웃겨서 웃음이 나왔습니다.

'자신감 없이도 지금까지 어떻게든 해왔잖아.'

그렇게 생각하자 마음이 상당히 가벼워졌습니다.

 자신감 같은 건 없어도 어떻게든 될 거야!

자꾸
비하할 때

아무리 해도 자신감이 생기지 않을 때, 이런 망상을 하고는 했습니다.

'어쩌다 피해자가 된 이 잘난 것 없는 인생을 잘 팔리도록 과잉 각색해 써줄 기자가 있다면 어떨까…?'

있는 그대로 쓴다면 팔리지 않을 테니까 상당히 미화할 거라는 생각이 들었습니다.

예를 들어 '혼자 그림을 그리는 일을 하며'라면 '독립하여 활약하는 디자이너'로, '여성'이라면 '미녀'로, '인간관계가 무난했다'면 '누구에게나 사랑받았다'로 말이죠.

이걸 전부 합쳐 기사로 쓴다면 타이틀은 '피해자는 혼자 일하는 여성 디자이너, 인간관계는 무난해'에서 '누구에게나 사랑받으며 여러 방면에서 활약하던 미녀 디자이너에게 일어난 갑작스런 비극!'이 됩니다.

무의식 중에는 자신의 안 좋은 면만 보기 쉽습니다. 하지만 시점을 바꾸면 이렇게 볼 수도 있답니다. 다르게 생각하면 조금은 자신감이 생기지 않을까요?(웃음)

 다른 사람의 입장에서 내 인생을 드라마틱하게 각색해본다.

칭찬을
있는 그대로
받아들이기
힘들 때

다른 사람에게 칭찬받는 상황은 무척 어색하죠. 보통은 '아니, 그렇지 않아요…'라며 부정하거나, 도리어 스스로를 저평가하곤 우쭐거리는 것보단 낫겠지, 라고 생각합니다.

하지만 다른 사람이 칭찬하는 상황인데 자신감 없는 태도를 보이는 건 무례한 일일 수도 있습니다.

어느 날 친구가 그러더군요. 과한 겸손은 상대에게 '너 보는 눈이 없네'라고 말하는 거나 마찬가지라고요. 자신감이 없다면서, 자신감 넘치게 상대의 평가를 부정한 겁니다. 칭찬을 받았을 때 어떻게 대답하면 좋을지 고민하는 제게 친구는 아무렇지 않게 말했습니다.

"고맙습니다, 아냐?"

무척 간단하죠.

자신감은 자신을 위해서만 필요한 게 아닙니다. 칭찬하는 다른 사람을 위해서도 필요합니다. 자신감이 없을 때 이 말을 떠올리면 좋겠습니다.

지나친 겸손은 '너는 보는 눈이 없어'라고 말하는 거나 마찬가지!

자신을
단정지어버린다

잘 못하는 것만
신경 쓰일 때…

사람들
앞에서
말하는 거
잘 못해~

하하하

스스로 그렇게
말하는 거,
서투르다는
시나리오 쓰는 거
아닐까?

앗

연기자가
아니니까

싫은 역할은
연기하지
않아도 돼.

머릿속에서
쓴 시나리오
라면…

조금씩
익숙해질
거라고
생각할까…

얼마든지
바꿀 수 있어…

응응

잘하는
사람이 되고
싶으니까

스스로에게 잘하지 못한다고 계속 되뇌다가 정말 그렇게 되어버리기도 합니다. 자신감이 붙질 않는 거죠.

저는 사람을 그리는 게 영 서툴렀습니다. 고양이 캐릭터로 만화를 그리기 시작한 것도 그런 이유입니다. 하지만 전에는 사람 그리기를 무척 좋아했습니다. 게임 일을 시작한 무렵 상사에게 "넌 사람은 안 맞는 것 같으니까 배경을 그려"라는 말을 듣고 꽤 주눅이 들었습니다. 그 후로 사람을 그려 평가받는 일이 두려워졌습니다. 그렇게 사람 그리기를 계속 피하다보니 결국 그릴 수 없게 되었습니다. 스스로 '사람은 그릴 수 없어'라는 각본을 쓰고 연기하는 사이에 정말 그렇게 된 거죠. 최근에는 마음을 바꿔 먹고 각본을 새로 쓰기로 했습니다.

'서툴 수도 있지 뭐.'

이게 새로운 각본입니다(웃음). 머릿속에서 쓴 각본은 고쳐 쓰면 됩니다. 스스로 못하는 일을 늘리는 건 아까운 일입니다. 연기자가 아니니까 싫은 역할을 무리해서 맡을 필요는 없습니다.

**연기자가 아니니까
싫은 역할은 연기하지 않아도 괜찮아.**

내가 있을 곳이
어딘지 모르겠어

이 세상이라는 퍼즐의 한 조각이라고 생각하며 살아 가기로 했다…

조각이 부족하면 세상은 이어지지 않는다.

뻥 뚫린 구멍을 메우는 사람도 있다.

나라는 조각이 딱 맞는 장소를 찾고 있을 때

그런 나를 찾는 사람도 어딘가에 있다.

아무리 보잘것없어도…

이 세상을 채우기 위해 필요한 조각이다.

'무엇을 위해 사는 걸까? 무엇을 위해 살아가야 할까?'

가끔 자신의 인생이나 가치가 막연하게 느껴질 때가 있죠. 이 질문은 평생 답을 찾지 못할지도 모릅니다. 그걸 찾아가는 과정이 인생일지도요. 이런 생각에 몰두하다가 문득 퍼즐 조각이 떠올랐습니다.

퍼즐에는 수많은 조각이 있습니다. 그중 어느 하나가 부족하면 그림은 완성되지 않습니다. 퍼즐 조각을 인생이라고 한다면 완성된 그림은 이 세상입니다. 다양한 역할의 조각이 있지만, 조각 하나라도 부족하면 그 세상은 완성되지 않습니다.

나라는 조각이 들어갈 장소를 찾듯, 나를 찾는 사람도 어딘가에는 있습니다. 아무리 보잘것없는 조각도 구멍투성이인 세상을 채우고 이어가기 위해 필요합니다.

누구나 세상이라는 퍼즐의 조각이다.

기분이 쉽게
가라앉을 때

이유도 없이 기분이 가라앉을 때는 스스로를 탓하기 전에 강제로 기분 전환을 합시다. 이미 꽤 지쳐 있을 때가 많기 때문이죠. '지쳤다'는 '홀렸다'와 같은 느낌이라, 저는 지칠 때마다 '나를 홀린 무언가'가 들러붙었다고 생각합니다.

마음에 드는 장소를 정신이 가벼워지는 정화 포인트로 정해두고, 피로가 쌓일 때면 그곳을 찾아가보세요. 저는 신사를 추천합니다. 신사에는 신을 모시는 사당을 둘러싼 나무가 많습니다. 그래서 신사에 들어가면 공기나 온도가 바깥과 전혀 다릅니다. 신사의 문인 붉은 도리이(鳥居) 아래를 지나갈 때마다 나쁜 기운이 하나씩 떨어져 나가는 것 같습니다. 신사에 걸린 신을 불러내는 종을 울리면 또 하나씩 떨어져 나가는 느낌입니다. 뭔가 하나씩 할 때마다 '나를 홀리던 뭔가'도 하나씩 떨어져 나간다고 생각합시다.

마지막에는 '좋아! 가벼워졌어!'라며 뭔가를 떨쳐낸 기분으로 돌아갈 수 있습니다. 마음에 드는 장소이니 재충전하기에도 더없이 좋겠죠.

'나를 홀린 뭔가'를 떨쳐내는
정화 포인트를 정해두자.

가끔 뭘 하지 않아도 괜찮은 날이나 멍하니 있을 시간이 생기면 여러 생각이 머릿속에서 맴돕니다.

'지금 이 시간에 할 뭔가 있을까? 정말 하고 싶은 일이 뭘까? 다른 일을 해야 할까?'

멈춰 선 시간도 분명 소중한데, '무언가 해야 해…. 뭐라도 해야만 해….'

사람은 아무것도 하지 않는 게 서투른 모양입니다. 찾으려고 생각만 하면, 할 일은 얼마든지 나옵니다. 하지만 시간을 그냥 흘려보내도 괜찮습니다.

혹시나 할 일이 있더라도, 당장 움직이지 않아도 살 수 있다면 역시 괜찮습니다. 무리해서 찾지 않아도 그때가 오면 알 수 있습니다.

그러니 아무것도 하지 않아도 될 때는, 가만히 있어도 괜찮습니다.

아무것도 하지 않는 시간도
인생의 소중한 부분이다.

사소한 고민을
멈추지 못할 때

마음이
지쳤을 때는…

조금이라도
자연을 느낄 수 있는
곳에 간다…

자연 앞에서
내 고민 따위
하잘것없는
것처럼…
느껴지지는
않지만

그렇게
능력 있는 인간은
아니다냐-

사소해도
고민은
고민인
것이다.

다만… 자연으로
돌아가고 싶어서
그곳을 찾는
것일지도 모른다…

자연 속에
있으면

좋-아
힘내자냐-

안에 있던
부자연스러운
뭔가가 조금
도망간다.

마음이 지쳤을 때는 조금이라도 자연을 느낄 수 있는 곳에 갑니다. 하늘이 무척 맑아서 눈물이 날 것 같기도 하고, 기분 좋게 부는 바람에 잠시 무심해지기도 합니다. 이유는 없지만, 자연 속에서는 이런 기분이 듭니다.

멀리 가지 않더라도 가로수와 잡초를 보거나, 하늘을 올려다보는 것도 괜찮습니다. '자연 앞에서는 내 고민 따위 하잘것없으니…' 같은 이유는 아닙니다. 그렇게 달관한 인간이 아니기 때문에 아무리 작아도 고민은 고민입니다. 그러나 다른 사람에게 상담을 하기보다 무심해지는 쪽이 편할 때가 있죠. 다른 사람에게 털어놓았을 때, 돌아오는 말에는 상대방의 주관이 들어 있습니다. 이야기를 들은 상대가 어떻게 생각할까, 하는 새로운 불안이 생기기도 합니다.

하지만 자연에서는 무엇을 생각하든 아무것도 되돌아오지 않습니다. 그저 자연이 있을 뿐입니다. 피로나 고민처럼 원래는 없던 부자연스러운 것들이 더 이상 자리 잡고 있기 힘들어져서 조금은 도망가버릴지도 모릅니다.

 자연 속에 있으면
부자연스러운 것이 빠져나온다.

갑자기
불안이
덮쳐온다

가끔 이유도 없이 불안해지거나 가슴이 두근거릴 때가 있습니다. 설명하기 힘들지만 머리가 텅 비고 온몸이 떨리는 느낌입니다.

그럴 때는 불안해진 이유를 냉정하게 생각해봅니다. 괴로운 기억이 떠오르고, 그와 동시에 대략적인 사건은 기억해도 관련된 상황은 잊고 있었다는 것을 깨닫습니다.

이유를 알면 상황을 분리해서 생각할 수 있습니다. 가령 사랑하는 사람과 싸우고 헤어진 날, 붉은 벽돌로 지은 건물 옆을 지나갔다고 합시다. 시간이 흘러 다른 곳의 붉은 벽돌 건물 앞을 지나다가, 괜스레 슬픔에 잠길 수도 있습니다.

하지만 '헤어진 이유와 붉은 벽돌 건물은 관계없다'고 상황을 분리하면, 다시 붉은 벽돌 건물 앞을 지나더라도 불안하지 않을 겁니다.

이유를 모르면 갑자기 불안해졌다고 생각하게 되지만, 이유를 알고 있으면 불안이 줄어듭니다.

 이유를 알면 불안을 줄일 수 있다.

가야 할 길을 잃고
헤맬 때

살다보면 편한 길 대신 일부러 힘든 길을 고를 때도 있습니다. 날씨에 비유해보죠. 맑은 날을 선택하면 걷기 편할 겁니다. 비 오는 날을 선택하면 춥고 비에 젖을 테고요. 그런 사실을 알면서도 일부러 비 오는 날을 택하기도 합니다.

그럴 때면 '지금은 이런 과정이 필요하다'고 생각합시다. 고생이 따라온다고 해도 그걸 선택하지 않으면 후회가 남을 테니까요. 괴로워도 힘든 쪽을 선택하면 비 오는 날에만 아는 것을 깨달을 수 있습니다.

비를 맞을 때의 기분을 알아두면, 비를 맞는 다른 사람의 기분도 알 수 있습니다. 맑은 날이 얼마나 멋있는지도 깨달을 수 있고, 비를 피하는 방법을 생각해낼 수도 있습니다. 물론 맑은 날을 선택한다고 틀린 건 아닙니다.

중요한 건 어떤 길을 선택했느냐가 아닙니다. 자신의 의지로 선택했는지가 중요합니다. 진심으로 선택했다면 그 답은 전부 옳습니다.

자신의 의지로 고르면
어떤 선택도 정답이 된다.

좋아하는 것이나 하고 싶은 일을 미루는 습관

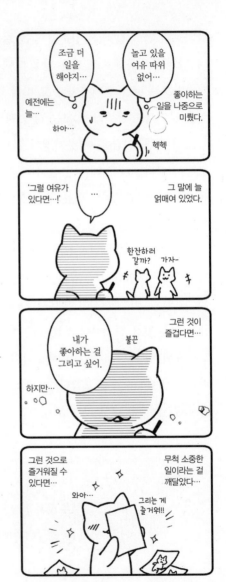

'그런 걸 하고 있을 여유가 있다면…'

전에는 항상 이 말에 얽매여 있었습니다.

지금은 일을 하면서 좋아하는 그림을 그리거나 글도 쓰지만, 대학을 졸업하고 회사원이 되어서는 10년이 넘도록 좋아하는 모든 걸 참으며 일에만 몰두했습니다.

제 본업은 게임 디자이너입니다.

취미도 그림 그리기인데요, 일로 그리는 그림과는 장르가 꽤 다릅니다. 일에 집중하려고 좋아하는 그림을 접어두었지요. 돈이 되지 않는 그림을 그릴 여유가 있다면 일에 좀 더 힘을 쏟자고 생각하며, 그림이 싫어질 정도로 일로만 그림을 그렸습니다.

그 상황을 끝맺은 계기가 된 건 지인의 부고였습니다.

그분은 유일하게 제가 그리고 싶어했던 그림을 인정해주었습니다. 저는 그분에게 '지금은 바쁘지만 언젠가 다시 그리겠다'고 약속했었고요. 하지만 아직 남았다고 생각한 시간은 갑자기 사라졌습니다.

그때 생각했습니다.

왜 좋아하는 것을 나중으로 미루고 '그런 것'이라고 여겼을까? 그런 것을 하면서 즐거울 수 있다면 분명 인생에서도 소중한 일이었을 텐데….

오랜만에 그린 그림은 예전에 비해 무척 엉망이었지만, 그 시간은 눈물이 흐를 만큼 행복했습니다.

지금은 여러 기회를 얻고 있지만, 당시에는 돈도 되지 않고 아무도 봐주지 않는 그 그림이 정말 사랑스러웠습니다.

하고 싶은 일을 할 수 없게 되는 날은 어느 날 갑자기 찾아옵니다. 나중으로 미룰 수 없습니다. 그러나 살아 있다면 편한 길은 아닐지라도 다시 시작할 수 있습니다.

'내일 죽는다면 뭘 하고 싶어?'

주기적으로 스스로에게 물어봅시다. 이미 하고 있다면 더 힘내자고 생각하고, 아직 하지 않은 일이 있다면 '안 하는 이유가 뭐지?'라고 물어보고요. 그러면서 그 일을 할 방법을 생각합시다.

자신감이 없거나 다른 사람의 평가와는 상관없이 <u>스스로</u>
좋아해서 즐겁다면…. '그런 것'은 살아가기 위해 무척 소중
한 일입니다. 인생에서 좋아하는 일을 대신할 뭔가는 없습
니다.

자신이 좋아하는 '그런 것'을
대신할 뭔가는 없다.

하고 싶지만,
할 시간이 없어

몇 년 전, 저는 어디로 나아가야 할지 망설이고 있었습니다. '이제는 내가 하고 싶은 것보다 젊은 세대에게 공헌할 수 있는 일을 해야 하지 않을까?' 하는 생각이 들더군요. 이런 생각으로 16년 동안 근무한 회사를 그만두고 새로운 프로젝트에 참가했습니다. 겨우 궤도에 올랐을 때, 리먼브라더스 사태로 좌절하고 말았습니다.

이걸 계기로 제가 여전히 다른 사람에게 꿈을 주고 싶어 한다는 걸 깨달았습니다. 하지만 지금 이대로라면 하고 싶은 일을 할 시간을 낼 수가 없었습니다. 그래도 언젠가는 하고 싶었습니다. 주변에 고민을 털어놓았더니 '언젠가는 계속 언젠가'라는 조언을 들었습니다.

'내 말과 그림으로 다른 사람이 행복해졌으면 좋겠다.'

이게 제가 정말 하고 싶었던 일입니다. 그리고 '언젠가는 계속 언젠가'라는 말 덕분에 지금의 제가 있습니다.

하고 싶은 일을 나중으로 미루면 계속 '언젠가'로만 남습니다. 단순하지만 꼭 전하고 싶은 말이 있습니다.

좋아하는 일을 무조건 많이 하세요!

나중으로 미루면 '언젠가'는 계속 '언젠가'다.

과거에 매이고,
미래는 안 보이고

생각도 못 한 순간에 괴로운 과거가 떠오르거나, 앞이 보이지 않는 미래가 막연히 불안해질 때가 있죠.

괴롭거나 즐거운 이유는 대체로 과거에 원인이 있습니다. 하지만 과거는 바꿀 수 없습니다. 미래는 예측한 그대로 만들어지지 않습니다. 미래를 바꾸기 위한 행동은 중요하죠. 하지만 나쁜 결과만 상상해서 불안해진다면 생각을 멈추는 것도 필요합니다. 미래에 무슨 일이 일어날지는 아무도 모릅니다.

살면서 삶을 바꿀 가장 큰 기회는 '지금'입니다. 게다가 당장 바꿀 수 있습니다.

우리는 시간여행자가 아니니 과거도 미래도 손을 댈 수 없습니다. 그러니 이왕 보내는 '지금'이라면 조금이라도 웃으며 지내는 편이 좋겠죠.

과거가 될 지금을 웃으며 보낸다면, 미래의 내가 떠올릴 과거는 웃으며 지낸 기억이 됩니다. 과거는 바로 지금, 당신이 만들고 있습니다.

 삶을 바꿀 기회는 '지금'뿐!

온통 괴로운 일 뿐이라고 느껴질 때

인생에는

좋은 때도   나쁜 때도

행복한 때도
괴로운 때도
있다.

괴로울 때는
캄캄한 어둠 속에
있는 것처럼
느껴진다.

하지만…

어두운 곳에
있었기
때문에…

빛이 잘
보였다고
생각해…

그 시간이
필요했는지도
몰라…   절실히..

괴로울 때라서
비로소 보이는
것이 있다.

살다보면 괴로울 때도, 즐거울 때도 있습니다. 기분이 우중
충해지거나 어둠 속에 있는 것처럼 느껴지기도 하고요. 행
복해 보이는 사람이나 장소는 손에 잡히지 않는 곳에서 반
짝이는 빛처럼 눈부시게 느껴지지요.

지금은 어둠을 조금이라도 알게 되어서 다행이라고 생각
합니다. 순풍에 돛 단듯 살아왔다면 아마도 볼 수 없었을 테
죠. 무엇이 행복인지 모른다고 말하는 사람도 있다지만, 사
람은 괴로울 때 진짜 원하는 행복을 볼 수 있습니다.

미래의 어느 날 다시 어둠 속에 잠길지도 모릅니다. 빛나
는 장소가 변할 수도 있습니다. 하지만 그래도 괜찮습니다.
인생은 그렇게 빙글빙글 헤매면서 앞으로 나아가는 것이니
까요.

괴로울 때는 이렇게 생각해보세요.

'괴로울 때라서 보이는 것도 있다. 괴로울 때 마침내 행복
으로 가는 표지판을 찾을 수 있다.'

저도 지금은 이렇게 생각할 수 있게 되었습니다.

어둠을 알기 때문에
비로소 찾을 수 있는 행복이 있다.

해설

사랑받고 싶은 사람들에게

정신건강의학과 전문의

나코시 야스후미

처음 이 책의 제목을 봤을 때, '정말 딱 맞는 표현이야'라는 말이 무심코 흘러나왔습니다. 아주 절묘했거든요.

분명 그 녀석 아무렇지도 않은 얼굴을 하고 파르페나 먹고 있을 거라니. 하지만 무서운 일이기도 합니다. 험담을 들은 쪽만의 일이 아닙니다.

물론 험담이나 인정 없는 말을 들은 사람의 마음을 풀 길은 없습니다. 답답한 마음, 더 말하자면 거기에서 일어나는 분노, 불안, 노여움은 쉽게 해소되지 않습니다.

상대는 성냥으로 불을 붙였다고 생각하겠지만, 그렇게 확산된 불은 당사자의 마음을 몇 평방킬로미터나 태우기도 합니다.

하지만 더 무서운 건 그런 말을 뱉은 쪽의 마음입니다. 사실은 꽤 큰 영향을 받는다고 조심스레 생각합니다. 수면 아래에 숨어 있는 무의식 속에서 말이죠.

무의식을 해부학적으로 바꾸면 오래된 뇌 부분, 즉 인간이 다른 동물과 다르지 않은 때부터 이어온 뇌의 활동이라고도 말할 수 있습니다.

오래된 뇌는 현대인의 마음에서도 중요하게 활동합니다. 그걸 무의식(잠재의식)이라고 말해도 좋습니다. 그 부분은 인간이 아직 '자신'이나 '자기'를 명확히 인식하기 전부터 존재했기 때문에 '주어'를 모른다는 설도 있습니다.

이 말이 어떤 뜻이냐면, 다른 사람의 험담을 내뱉었다고 생각하지만 사실은 자신의 험담이라는 겁니다. 이게 무의식 중에 축적되어 스트레스를 느끼거나 자신의 이미지에 상처를 주는 거고요.

따라서 다른 사람을 비방해 울적한 마음을 풀려고 한다면, 자신도 모르는 사이에 점점 피폐해집니다.

이건 저는 물론, 누구에게나 해당됩니다. 정말 사람의 마음이란 무척 성가시고 위험한 것이죠. 그런 걸 하루 종일 가지고 다닙니다. 게다가 거리도 시간도 상관없이 다른 사람과 연결되는 SNS라는 세계까지 가지고 다니고요. 그러니 결국 인간은 터무니없는 '마음중독' 상태가 되는 겁니다.

21세기는 그야말로 '마음 사용 취급 설명서'가 필요한 시대가 되었습니다.

마음이 그렇게 성가신 물건이라니 역시 전문가에게 맡기는 수밖에 없는 걸까요? 반드시 그런 것은 아닙니다. 결국 자신의 마음은 스스로 연구할 수밖에 없기 때문이죠.

이 책에는 저자가 오랫동안 SNS에 빠져 허우적거리면서 고생한 경험을 바탕으로 끄집어낸 이른바 '숨은 기술'이 가득합니다.

'숨은 기술'이라고 말씀드리는 이유는 SNS를 적당히 사용해야 하기 때문입니다. SNS를 생활이 즐거워지는 도구로 사용하려면 완벽하게 사용하는 것보다도 지나치게 집중하지 않는 것이 중요합니다. 그러니 어떻게 적당히 사용할 수 있는지가 하나의 '기술'이 되는 것이죠.

여기에 적힌 노하우는 일상의 대인관계에도 그대로 통용되는 것들입니다. 사람을 보는 방식이 사람마다 제각각 다름을 아무리 잘 알아도 실천하기는 힘듭니다.

20세기에는 친해지고 싶지 않은 사람과 가까워지지 않아도 괜찮았습니다. 그래도 가족이나 상사, 혹은 학교 친구와 다양한 문제로 부딪히며 스트레스를 받았죠.

공동체에서는 공간을 공유합니다. 그렇기 때문에 항상 함께해서 상처를 받는 일이 많았습니다. 이렇게 닫힌 공간의 관계를 저는 '서로 물어뜯는 관계'라고 부릅니다.

이전까지는 거리가 지나치게 가까워서 물거나 물리는 관계였습니다. 그러나 지금은 전혀 마주칠 일이 없는 사람에게 느닷없이 물리는 일이 SNS에서 매일같이 일어납니다. 우리는 이미 이런 세상에서 살고 있습니다.

이 책에는 대부분의 사람들이 공감할 내용이 담겨 있습니다. 특히 평소 다른 사람에게 '사랑받고 싶다'거나 '미움받고 싶지 않다'는 생각이 지나치게 강해서 괴로워하고 있다면 부디 이 책을 읽었으면 합니다.

지나치게 많은 사람과 연결되는 세상에서 받는 상처를 조금이라도 치유하고, 상처받는 일을 미리 막고 싶다는 바른 마음이 넘치는 책이니까요.

에필로그

읽어주셔서 감사합니다. 이 책에 손을 내밀어주신 여러분과 작품을 응원해주신 분들, 동료들, 출판 기회를 주신 편집부와 출판사 여러분들께 먼저 감사의 인사를 드리고 싶습니다.

저자의 말에 뭘 쓰면 좋을지 망설였습니다만, 이 책의 출판과 관련한 조금 신기한 인연을 이야기할까 합니다.

7년 전쯤, 저는 앞으로 어떤 작품을 만들어갈지 그 방향성에 대해 고민하고 있었습니다. 그 전에도 그림과 그림책 작업을 하고는 있었지만, 점점 글을 더 많이 쓰고 싶다는 생각이 커졌습니다. 하지만 그 일은 문턱이 높았습니다. 그때 우연히 접한 게 프랑스 만화가 조안 스파(Joann Sfar)가 그린

『어린 왕자』 프랑스 코믹판이었습니다.

원래 『어린 왕자』를 무척 좋아했는데요. 만화라면 긴 글이 익숙하지 않은 사람도 쉽게 이해할 수 있겠다는 생각이 들었습니다. 그때 문득 '아, 만화와 글을 함께 써보자!'라는 아이디어가 떠올랐습니다. 게다가 7년 전에 『어린 왕자』를 출판한 곳이 제게 출판을 제안한 생크추어리 출판사였습니다.

이것만으로도 인연이 충분합니다. 그런데 원고가 거의 완성될 무렵에 어째서인지 이 이야기를 편집부에 한 적이 없다는 사실이 떠올라서, 말씀을 드렸지요.

그랬더니 담당 편집자가 무척 놀랐습니다. 7년 전 그 책을 담당한 편집자가 자신에게 은사와 같은 분이라고 하더군요. 이 책이 감사한 인연으로 만들어졌다는 생각이 들었습니다.

그러니 이 책을 읽어주신 여러분과도 신기한 인연이 이어지기를 소망합니다. 만날 인연이라 만난 사람이 있듯, 이 책도 여러분께 만나야 할 인연으로 만난 한 권이 되기를 바랍니다.

그 녀석, 지금
파르페나 먹고 있을 거야

펴낸날   초판 1쇄   2020년 4월 15일

지은이   잼
옮긴이   부윤아
펴낸이   심만수
펴낸곳   (주)살림출판사
출판등록 1989년 11월 1일 제9-210호

주소   경기도 파주시 광인사길 30
전화   031-955-1350   팩스   031-624-1356
홈페이지 http://www.sallimbooks.com
이메일   book@sallimbooks.com

ISBN   978-89-522-4154-2   03830

※ 값은 뒤표지에 있습니다.
※ 잘못 만들어진 책은 구입하신 서점에서 바꾸어 드립니다.

이 도서의 국립중앙도서관 출판예정도서목록(CIP)은 서지정보유통지원시스템 홈페이지
(http://seoji.nl.go.kr)와 국가자료종합목록시스템(http://www.nl.go.kr/kolisnet)에서
이용하실 수 있습니다.(CIP제어번호: CIP2019042444)

책임편집 · 교정교열 한나래